向 着 明 亮 那 方

[日] 金子美铃／著　　闫雪／译

明るい
方へ

金子美鈴全集①

湖南文艺出版社
HUNAN LITERATURE AND ART PUBLISHING HOUSE

博集天卷
CS·BOOKY

向着明亮那方

——

第一章

目录

明るい方へ

我和小鸟和铃铛——第二章

私と小鳥と鈴と

星星与蒲公英

第三章

星とたんぽぽ

从一个梦到另一个梦

第四章

夢
か
ら
夢
を

看不见的城堡

——

第五章

みえないお城

五

小小的故乡

——

第六章

ち
い
さ
な
お
里

什么都喜欢

——第七章

みんなお好きに

水、风和孩子

第八章

水 と 風 と 子 供

麻雀与罂粟花

——

第九章

雀 と 芥 子

明るい方へ

向着明亮那方

第一章

向着明亮那方，
向着明亮那方。

哪怕一片叶子，
也要向着阳光洒下的方向。

灌木丛中的小草啊。

向着明亮那方，
向着明亮那方。

哪怕烧灼了翅膀，
也要飞向灯火闪烁的方向。

夜里的飞虫啊。

向着明亮那方，
向着明亮那方。

哪怕只是分寸的宽敞，
也要向着太阳照射的方向。
住在都市里的人们啊。

这
条
路

这条路的尽头，
有一片茂密的森林。
孤独的朴树呀，
走这条路吧。

这条路的尽头，
有一片辽阔的海洋。
莲花池里的青蛙呀，
走这条路吧。

这条路的尽头，
有一座大大的都市。
寂寞的稻草人呀，
走这条路吧。

这条路的尽头，
总会有些什么吧。
大家一起，大家一起去吧，
一起走这条路吧。

船
帆

抵达海港的船儿的帆，
全都又黑又旧，
驶向大海的船儿的帆，
却都洁白闪亮。

遥远的海上的那艘船啊，
请你不要靠岸，
请你一直在海天之间，
向着前方，一路远航。

闪闪发光，一路远航。

麻雀喳喳叫，
天气真正好。
呼噜噜，呼噜噜，
我还想睡觉。

上眼皮想要睁开，
下眼皮却不愿醒来。
呼噜噜，呼噜噜，
我还想睡觉。

日光

太阳神的使者，
排好队从天空出发。
途中遇见了南风，
南风问他们去干吗？

一位使者回答：
"我去把光粉撒向大地，
让大家能顺利地工作。"

一位使者看起来很高兴：
"我去让花儿们绽放，
让世界变得更美好。"

另一位使者温柔地说：
"我去为纯洁的灵魂们
架一座能攀登的拱桥。"
最后一位使者看起来很寂寞：
"为了创造出阴影，
我也得一同前行。"

幸福

穿着粉红衣衫的幸福，
正独自悄悄地哭泣。

深夜里无论它怎样敲响窗户，
也无人应答，孤零零的它
往屋里瞧，看见昏暗的灯光下，
憔悴的母亲以及她生病的孩子。

幸福悲伤地来到另一户人家门前，
它又敲响了房门，依旧无人应答。
它在小城里转了一圈，
却没人为它开门。

月色明亮，深夜的陋巷里，
幸福在独自悄悄地哭泣。

好事

破旧的泥墙
坍塌了，
于是可以看见
墓顶。

道路右侧的
大山影子里，
第一次可以
看见大海。

这个曾经
发生过好事的地方，
每次路过这儿，
我都感到很高兴。

明天

我走在大街上，
偶然听见
一对母子在说
"明天"。

大街的尽头
被夕阳染红，
春天的到来
指日可待。

不知为什么，
我也高兴起来，
想起了
"明天"。

茅屋檐上的花落了，
山丘上的花也落了，
全日本的花都落了。

把全日本散落的花瓣，
收集起来撒向大海吧。

然后，在寂静的黄昏，
乘一艘红色的小舟，
在美不胜收的
花海中轻轻摇曳，
驶向遥远的他方。

編草帽的
童謠

我编的草帽，
会变成什么样呢？

会被染成深蓝色，
系上红丝带，
放在远方大都市的橱窗里，
被璀璨聚光灯照着，
不久，就戴在一个留娃娃头的，
可爱的小姐姐头上吗……

我也好想跟着它，一起去看看呀。

烧荒和蕨菜

山上的山上的蕨菜芽，
迷迷糊糊地做着梦。

梦见红色翅膀的大鸟，
在天空中飞翔。

山上的山上的蕨菜芽，
从梦中醒来伸懒腰。

可爱的小芽，探出小脑袋，
在春天黎明时，伸着懒腰。

渔夫叔叔

渔夫叔叔，让你的小船，
载上我吧。

你看你看，请载我去对面，
去那漂亮的云朵翻滚的地方，
去那大海的海水汹涌的地方。

虽然我什么也没有，
但我可以把我的人偶给你，
另外，金鱼也可以给你。

渔夫叔叔，请让你的小船，
载上我吧。

瞳
孔

大家的瞳孔是
魔法壶。

那开着橙花的围墙、
街道、
马车、马儿、
马夫、
荞麦田、
梧桐树，
远处，绿色的
那座山，
甚至，连天空中的
云朵，
全部都被缩小，
装进了魔法壶里。

黑色的瞳孔是
魔法壶哟。

不可思议的
海港

老港上的大时钟，
上下颠倒倒挂着。
两根指针却一刻不停，
不知为何向左转。

朽坏的栈桥上，
只有一朵大红花，
在白天的光线里摇曳。

那黑色的，平静的水面上，
像山一样默不作声的，
是曾经海航过的船儿。

这个海港所在的地方，
是哪个国家，什么时候去过呢？

问谁，谁也不知道，
因为它在我的梦里。

鱼儿的春天

青青海藻吐新芽，
水中绿波荡漾。

天空之城里也迎来了春天，
我低头看，只见水中春光
耀眼。

飞鱼叔叔闪闪发光，
轻快地在天空海洋里跳跃。

在海藻新芽的绿荫下，
我们也开始玩捉迷藏吧。

长长的梦

今天是梦，昨天也是梦，
去年是梦，前年也是梦。

突然睁开眼，
我变回了两岁的可爱婴儿，
正在找妈妈要奶喝。

如果那样，如果那样，
那我得多么高兴啊。

我会记住那个长长的梦，
这次，一定要做个好孩子。

牵牛花蔓

墙垣低矮，
牵牛花
寻觅着
生长的方向。

看看东来
看看西，
该往哪里好呢？
它思量着。

即便思量，也没忘记生长，
眷念着太阳的牵牛花，
今天，
又长了一寸。
牵牛花，生长吧，
一直不停地生长吧，
纳屋[1]的房檐
就在眼前了。

1 纳屋：日本中世纪后期，建在港口城镇用来收藏加工海产品的仓库。

雨停了

第一个发现者，
是一朵小小的繁缕花。
"哎呀哎呀，那不是太阳公公嘛。"

从云朵的身后探出头的太阳公公，
轻轻地俏皮地眨了眨眼。

所有的树，所有的树，都开始摇曳，
所有的叶子，所有的叶子，都齐声欢唱。

"喂喂，太阳公公，好久不见啦，
你让大家等得好苦呀。"

太阳公公从云朵后探出身子，
淘气地笑了。

太阳之歌

日本的国旗是,
    太阳的旗帜。
日本的小孩是,
    太阳之子。
孩子们唱吧,
    唱一首太阳之歌吧。
唱在樱花下,
    唱在霞光里。

让这首
响彻日本的歌谣,
    乘着船儿,
    漂到世界上去。
让我们放声歌唱,
    让太阳之歌,
唱响在每一棵樱花树下,
    响彻太阳下的每一个角落。

镇上的人们
第一次看见了彩虹，
本来是为了看飞机来的，
却看见了彩虹。

阵雨绵绵的天空中，
飞机朝着彩虹中央
快速地飞了过去。

明白了，
我明白了，
飞机啊，
想让镇上的人们
都看到这个彩虹。
原来它是
彩虹派来的使者呀。

小船之歌

我曾经是一艘年轻的小船。
热闹的启航仪式上，
我被装上五彩的旗帜，
第一次出海的时候，
那无边无际的波浪，
全都一下子臣服在我的脚下。

我曾经是一艘强健的大船。
暴风、波浪、漩涡，
它们越凶猛，我就越勇敢。
船上载着堆积如山的银鱼，
在微微泛白的清晨，我返航时，
犹如凯旋的战士。

我现在也上了年纪，
变成濑户里悠闲的摆渡船。
当岸上草房旁的向日葵，
不停旋转时，
我已经昏昏欲睡，
反复做着曾经的美梦。

广阔的天空

什么时候我想去看看，
去广阔的天空下看看。

在城市里看见的天空是长条的，
连天河也只是一个屋檐连着另一个。

什么时候我想去看看，
去河流的下流地带看看，
那河流汇入海洋的地方，
去那能将世界一览无余的地方。

春天的织布机

咚，咚，哐当，哐当，
佐保姬
用古老的织布机织着春天。

把麦子织成绿色，
把油菜籽织成黄色，
把紫云英织成红色，
把雾织成白色，
五种颜色的丝线
用掉了四种，
那么把剩下的东西
就都织成蓝色吧。

咚，咚，哐当，哐当，
佐保姬
用蓝线织出了天空。

朝圣与鲜花

过来了，
过来了。

朝圣的孩子不再前行。

停在，
春天的花店前。

过来了，
过来了。

朝圣的孩子看着，
不知名的西洋花。

屏住呼吸，
不再歌唱。

十字路口

陌生的客人，你是谁呀？
你不问问回家的路吗？

秋天，黄昏时分，我任性地
走出家门， 走到十字路口。

柳絮轻轻地飘落，
路灯瞬间被点亮。

陌生的旅人，你是谁呀？
你不问问回家的路吗？

去年

小船，看见了，看见了，
新年 、元旦，
那条不挂旗帜，扬了黑帆，
从这港口起航的小船。

那艘船上，
载着的是
被今天的元旦赶走的
去年吧，对吧，是去年吧。

小船，前进，前进，
目的地的那方，
有它可以停靠的港口吗?
那里有谁在等待它吗?

看见了，看见了，去年。
新年 、元旦，
它乘着一艘黑帆船，
往西边远去的身影。

原地踏步

像蕨菜模样的云朵出现了，
春天来到了天空里啊。

我独自望着蓝蓝的天空，
一个人不由得踏起步来。

一个人踏着步子，
不由得笑了出来。

我一个人站在那里傻笑，
经过的人也跟着笑了起来。

篱笆边的枸橘发芽了，
春天也来到了小路上。

早春

远处飞来的
皮球，
带来了紧跟而来的孩子。

飘在空中的
风筝，
带来了从海上来的汽笛。

迅速降临的
春天，
带来了今天这样蔚蓝的天空。

我那躁动不安的
内心，
带来了远处皎洁的明月。

发光的
秀发

落下去，落下去咯，
我来到海边，
看那又红又大的
丝线球般的夕阳。

发光了，发光了哟，
布满天空的金色丝线，
那是阳光的秀发。

编织、编织吧，
用金色的丝线，
把红通通的球
编成麻叶图案[1]吧。

1 麻叶图案：六角形的麻叶图案是日本家纹、服饰等物品上的常用传统图案。

私と小鳥と鈴と

我和小鸟和铃铛

第二章

蚕茧和坟墓

蚕宝宝要到
蚕茧里去，
到那个又窄又小的
蚕茧里去。

可是，蚕宝宝
肯定很高兴，
因为它变成蝶儿
就可以飞翔啦。

人要到
坟墓里去，
到那个又阴又暗的
坟墓里去。

可是，好孩子
会长出翅膀，
变成天使
就可以飞翔啦。

朝露

这件事
谁都不要说好吗？

清晨庭院的角落里，
花儿悄悄地
掉眼泪的事。

如果消息传开了，
传到蜜蜂的耳朵里，

它会觉得自己做了坏事，
飞回去还蜂蜜的。

我和小鸟和铃铛

我张开双臂，
也不能在天空中飞翔，
但会飞的小鸟却不能像我，
在地上快快地奔跑。

我摇晃身体，
也发不出动人的声响，
但会响的铃铛却不能像我，
唱出好多好多的歌谣。

铃铛、小鸟，还有我，
我们不一样，我们都很棒。

太阳公公和雨姐姐

沾满灰尘的
青草地，
雨姐姐
帮我洗干净了。

清洗完的
青草地，
太阳公公
帮我晒干了。

是为了让我
可以像这样
舒舒服服地
躺着看天空。

如果我是男孩，
我要把世界上的海当作我的家，
我要成为那传说中的海盗。

把船儿涂成大海的颜色，
架起天空色的船帆，
无论走到哪儿，都不让别人发现。

我要游遍广阔的海洋，
如果看到强国的船只，
我会骄傲地对它说：
　"让我给你些海水尝尝吧。"

如果遇到弱国的船只，
我会温柔地对它说：
　"伙伴们，一个一个地来，
告诉我你们国家的故事吧。"

可是，这样的恶作剧，
只有空闲的时候才能做。

我最重要的工作，
是把传说中的宝藏，
全部送回"古老"的国度，
去寻找那可恶的坏船。

当我找到那只坏船后，
我会非常巧妙地战胜它，
然后把宝藏全部夺回来，
隐身衣、魔法灯、
会唱歌的树、七里靴……
我把它们装满船舱，
扬起蓝色的风帆，
在广阔的蓝天之下，
在宁静的海面上，
驶向远方。

如果我是男孩，
我，真的想去。

受伤的手指

用白色的绷带
把受伤的手指缠起来，
我一看见，
就忍不住想要哭出来。

可是借姐姐的头绳儿，
那红色的小鹿头绳儿，
绑起来以后，
手指就变成了可爱的
洋娃娃。

在指甲上
画上脸蛋，
不知不觉间，
我就忘记了疼。

肉刺

舔也好，吸也罢，还是疼，
我的无名指上长了个肉刺。

我想起来了，
我想起来了，
曾经听姐姐说过：
　"不听话的孩子，
　手指上会长出肉刺。"

前天，我任性地哭闹过，
昨天，干活儿也偷懒了。

如果我给妈妈道个歉的话，
肉刺是不是就会好起来呢？

奇怪的事

我奇怪得不得了，
从乌云里落下的雨，
却闪着银色的光。

我奇怪得不得了，
吃的是绿色的桑叶，
却长出了白色的蚕宝宝。

我奇怪得不得了，
谁都没碰过的牵牛花，
"啪"的一声自己就开了花。

我奇怪得不得了，
问谁，谁都笑着说：
"这有什么奇怪的呀。"

商店
过家家

杏树下，
有三家商店，
虽然店不同，
但卖的都是同一种草，
没有名字的小草，
因为没有名字，
所以可以随意起。

糖果屋里
有龟仔仙贝，
鞋店里
有草鞋与木屐，
鱼店里
有小鲷鱼与比目鱼。

来吧，摆摊了，
大家都来吧，
把你的小石子钱
带到这里来。

三家店肩并肩，
店的上方，
杏花正在翩翩飞舞。

燕子

忽然，眼前划过一只飞燕，
我不由得仰望傍晚的天空。

在天空中，我发现了，
那仿佛涂了口红一般的夕阳。

这时，我不由得想起，
燕子已经来到小镇上了。

湛蓝的天空

万里无云的天空，
湛蓝的天空，
就像风平浪静的
大海。

我好想
跳入其中，
痛痛快快地
畅游一番。

一个劲儿拍打起的
白色浪花啊，
就这样
变成云朵吧。

在井边

母亲，在洗衣服，
我往盆里瞧，
发现肥皂泡中，
有小小的天空在发光，
还有很多小小的我在看。

原来我能变得这么小，
原来我能变得这么多，
原来我会魔法呀。

那来做点儿有趣的事吧，
吊桶的绳子上有蜜蜂，
我也来变成蜜蜂玩吧。

如果我突然不见了，
妈妈，请不要为我担心哟，
我只是在这里，在这天空里飞翔。

如此蔚蓝的天空啊，
我的翅膀舒展在天空中，
真是非常非常舒服。

如果累了，我就停在石竹花上，
吸取花儿的蜜，
聆听花儿的故事。

一直听到天黑，
听那些只有变成小蜜蜂，
才能听到的故事。

感觉自己真的变成了蜜蜂，
感觉自己真的在空中飞翔，
我开心得不得了。

魔术师的手掌

桃太郎从桃里蹦出来，
瓜姑娘从瓜里生出来。

小鸡从鸡蛋里孵出来，
小树从种子里长出来。

太阳从大山里升起来，
云峰从大海里浮起来。

白鸽子从魔术师的手掌中
变出来。

我也是从哪个
魔术师的手掌中变出来的吧？

在海里行走的母亲

妈妈，快停下，
那里，是大海。
看，这里是港口，
这把椅子，是船，
马上就要开船了。
我们坐船吧。

啊，啊，快停下，
在海里行走，
会呛水啊。
妈妈，是真的，
快别笑了，
快点儿，快点儿，上船吧。

最终，妈妈还是走进了海里。
但是，但是，没关系，
我妈妈，很厉害，
她可以在海里行走。
真厉害啊，
真厉害啊。

橡子

我在橡子山上，
捡橡子，
一些放进帽子里，
一些放进围裙里。
下山时，我心想，
帽子真碍事，
如果摔倒了怎么办？
于是扔了橡子，戴上帽子。
下了山，我心想，
这里遍地开满花，
如果要摘花的话，
围裙里的橡子也碍事，
终于，橡子们
通通被我扔掉了。

转校生

转校来的孩子
是个可爱的孩子，
怎样才能
跟他成为朋友呢？

午间休息的时候，
看见了他
靠在一棵樱花树下。

转校来的孩子，
说着外地的语言，
该用什么语言
跟他交谈呢？

回家的路上
忽然看见他，
他已经交到朋友啦。

衣袖

我穿着带袖的浴衣真开心，
感觉像是要出门访客一样。

我走到后门，
在葫芦花盛开的地方
翩翩起舞。

手舞足蹈的我，
还不时往旁边一瞥，
有没有人在看我呢？

我穿着蓝色带袖的新浴衣，
高兴得手舞足蹈。

钟
摆

停止了摆动的钟摆，
寂寞地望着身旁的窗户。

它可以看到窗外的街道，
也能看到孩子跳绳的身影，

有人会发现它吗？
有人会帮忙调一下它吗？

生锈的钟摆寂寞地
望着窗户上的玻璃。

热闹的
葬礼 一

阳光明媚的春日里，
举行了一场隆重的葬礼。

上百个花圈里的花朵，
在明朗的天空下，
显得都格外欢喜。

鸽子们站在红漆车上，
它们的黑翅膀也
显得闪闪发光。

啊，一个小男孩，
从花圈里钻了过去，
我也想钻钻看。
　　就如同在庙会的夜里，
　　从神轿下钻过去一样。

薄薄的云朵飘浮在
高耸的旗帜旁边，
真是一个和煦的春日。

1 葬礼：四月二十六日，举行地主伊藤某的葬礼。仪式中有两百多对花圈，围观者甚多。

爱哭鬼

"爱哭鬼，把毛毛虫
抓起来扔掉。"

好像有人在这样说。

我悄悄地打望四周，
樱花绿叶的影子下，
正好有一只毛毛虫。

回旋塔[1]的影子映在
运动场上的宽阔地带。

远处的校舍轻轻地传来了
风琴的声音。

现在这时候也不能回家吧，
我拧着樱花叶暗暗地想。

---

1 回旋塔：日本操场上的一种游乐道具，可吊着旋转。

小小的疑惑

只有我一个人
挨骂了。
就因为我是女孩。

好像只有哥哥是
他们亲生的孩子，
而我却像是哪家
无父无母的孤儿。

我真正的家，
你在哪儿呀？

鬼味噌 一

鬼味噌，胆小鬼，
窝里横，
一到外面去
就哭着往家回。

鬼味噌，胆小鬼，
究竟为什么，
偏偏在家里
欺负小妹妹。

鬼味噌，胆小鬼，
和谁玩呀？
鬼脸，味噌，
两人一起玩吧。

1 鬼味噌：原指日本一种传统咸面酱，也指外表凶恶，内心却胆小懦弱的人。

赤
脚

黑黝黝、湿漉漉的土地，
赤脚站在上面，真漂亮。

不相识的姐姐，
帮我系上木屐带。

笑

种子是美丽的蔷薇色，
比芥子粒略小一点儿，
凋谢了掉进泥土里后，
仿佛烟花般突然绽放，
开出了一朵大大的花。

如果笑能像流泪，
接连不断地涌出来，
那该多么，多么美丽啊。

数星星

只用十根手指头，
我们来数星星的
数量吧。
昨天数，
今天也数。

只用十根手指头，
我们来数星星的
数量吧。

一直数，
一直不停数。

乒乓球

二楼的磨砂玻璃窗上，
映出正在打乒乓球的人影。

春天的夜里，港口小镇上，
月亮撑起了雨伞。

带着淡淡的肥皂香，
妈妈和我正走在从澡堂回家的路上，
木屐走得呱嗒呱嗒地响。

走过之后，都还能
听到好一阵
打乒乓球的声响。

送花的使者

白菊花，黄菊花，
像雪一样的白菊花。
像月亮一样的黄菊花。

所有人都在看，
我手上拿着菊花。
　　（菊花很漂亮，
　　我手上拿着菊花，
　　所以，我也很漂亮。）

虽然阿姨的家有点儿远，
但秋高气爽，我心情好。
当送花使者的我，开心得不得了。

我的头发

我的头发有光泽，
是因为妈妈经常摸我的头。

我的鼻子很塌，
是因为我总是擤鼻涕。

我的围裙很干净，
是因为妈妈总是帮我洗。

我皮肤的颜色很黑，
是因为我常常吃煎豆。

红鞋子

昨天和今天的天空都是蓝色的，
昨天和今天的路都是白色的。

水渠的边缘开了花，
开了小小的繁缕花。

孩子身上的和服也变薄了，
一步，两步，走起路来。

每走一步，都得意地
哈哈笑。

穿着刚买的红鞋子，
孩子，走起来吧，春天来了。

星とたんぽぽ

星星与蒲公英

第三章

蜜蜂与神灵

蜜蜂在花儿里，
花儿在庭院里，
庭院在土墙里，
土墙在小镇里，
小镇在日本里，
日本在世界里，
世界在神灵里。

那么，那么，神灵在哪里？
神灵在
小小的蜜蜂里。

星星与蒲公英

湛蓝的天空像大海深不见底，
星星就像大海里的小石子，
默默地等待夜晚的来临，
白天的星星，我们眼睛看不见。
　虽然看不见，但它就在那里，
　有些东西我们看不见。

被风吹散的蒲公英，
悄悄地藏在瓦缝里，
等待春天的来临，
蒲公英结实的根，我们看不见。
　虽然看不见，但它就在那里，
　有些东西我们看不见。

心

母亲
虽然是成年人，个子大，
但母亲的心
却很小。

因为她说，
装我这一个小个子，
她的心就已经满满的了。

我是小孩子，
虽然个子小，
但小小的我
心却很大。

因为我的心里
装下了大个子的母亲后，
另外还能装下很多很多的东西。

土

咚，咚，
被翻整的土，
变成了肥沃的田地，
可以种出优良的麦子。

从早到晚，
被踩踏的土地，
变成了平坦的道路，
可以供车辆通行。

没有被翻整的土，
没有被踩踏的土，
都是没用的土吗？

不是的，它们是
无名小草们，
寄宿的家园。

聪明的樱桃

一颗非常聪明的樱桃，
某一天，躲在叶子下思考。
等等哟，我还没成熟呢，
不懂事的小雏鸟呀，
吃掉了我，你的嘴巴会痛，
我藏起来是为了你好。
　　于是，樱桃藏在叶子下，
　　鸟儿找不到，太阳也晒不到，
　　找不到，所以也就没被吃掉。

不久后，樱桃熟了，
依然在叶子下思考。
等等哟，养育我的，
是这棵树，养育这棵树的，
是那年迈的农民伯伯，
我绝不能被鸟儿吃掉。
　　后来，农民带着筐子，
　　来摘果实，
　　因为樱桃藏了起来，所以没被发现。

不久后，两个孩子来到这里，
樱桃依然在那里思考。
等等哟，现在有两个孩子，
而我只有一颗，
我绝不能让孩子们争吵，
不掉下去是为了他们好。
后来，樱桃在午夜落地，
来了一只大大的黑靴，
将聪明的樱桃踩烂了。

摇篮曲

睡吧，睡吧，
太阳下山时，
我采回的红色紫云英
也要睡觉了。
它纤细的绿脖子
正往下耷拉呢。

睡吧，睡吧，
太阳下山时，
山丘上的那座小白屋
也要睡觉了。
它蓝色的玻璃眼
已经闭上了。

睡吧，睡吧，
太阳下山时，
忽然睁开眼睛的
只有电灯泡
和那森林里喔喔喔
叫唤的猫头鹰。

睫毛上的彩虹

不管怎么擦，
泪水还是不停往外涌，
眼花中，
我心想：

我肯定是
捡来的孩子吧。

看着睫毛尖儿上
美丽的彩虹，
我心想：

今天
吃什么点心好呢?

蚊子之歌

嗡，嗡，
蚊子在树荫下发现了婴儿车，
熟睡中的宝宝真可爱呀，
让我亲亲她吧，亲她的小脸蛋儿。

嗡，嗡，
哎呀，哎呀，宝宝哭起来啦，
看孩子的人去哪儿了呢，去摘花了吗?
我飞去告诉她吧，飞到她耳边去告诉她。

啪，啪，
哎哟喂，真危险，吓死我了，
差点儿就被一巴掌打死了，
还好捡回一条命，呼呼，呼呼。

嗡，嗡，
虽然我在丛林里的家黑乎乎的，
但我还是回家吧，
回去，在妈妈身边睡个好觉吧。

青蛙

讨厌鬼，
讨厌鬼，
无论何时，无论是谁，都叫它讨厌鬼。

如果没雨，小草们就说：
"青蛙，你这家伙，也太懒了吧。"
青蛙心想，关我什么事。

如果下雨了，孩子们就说：
"都怪青蛙那家伙叫，才会下雨的。"
大家都向青蛙扔石头。

青蛙既伤心又委屈，
于是大声叫："下吧，下吧，狠狠地下吧。"

它刚一叫，天就一下子放晴了，
这回被天空给捉弄啦，连彩虹都出来了。

放河灯

昨晚放走的
河灯啊，
随着河水，晃晃悠悠，
漂去哪儿了呢？

向西，向西
一直漂，
一直漂到
大海与天空的尽头。

啊，今天西边的天空
被烧红了。

被遗忘的歌谣

今天又来到了
这野玫瑰盛开的草山上，
想起那首被我遗忘了的歌谣。
想起了那比梦还遥远，
比梦还令人怀念的摇篮曲。

哎呀，如果唱起那首歌谣，
这座草山的门会不会打开？
我就可以朦胧地在这里看见，
我那遥远的记忆中的母亲。

今天我也孤独地待在草地里，
今天我也望着大海回想那首歌谣。
"船是银，橹是金。"
哎呀，前面怎么唱来着，后面怎么唱来着，
我竟然都想不起来了。

泥土与小草

不知道母亲是谁的
小草们，
成千上万的
小草们，
泥土独自
养育着它们。

明明等小草们
长得茂密了，
泥土自己的身影
就会被遮掉。

月
亮
小
船

天上堆满了云朵，
像层层波涛在天空中的大海里翻滚。

从佐渡[1]回来的千松[2]，
他那银制的小船在波涛里时隐时现。

黄金做的橹也被波浪卷走了，
小船什么时候才能回到故乡呀？

波涛汹涌的大海中，
时隐时现的小船随波漂荡。

1 佐渡：日本古代地名，位于现北陆地区北部，面积857平方公里。
2 千松：日本民歌《千松之歌》中的千松，去佐渡淘金归来。

月亮
出来了

别说话
别说话
看呀，月亮出来了。

山的轮廓
一下子变得明亮了。

在天空的深处，
还有大海的底部，

有束光
正一点儿一点儿地
消散。

天空中的大河

天空中的河流里，
到处都是小石头，
圆滚滚，灰溜溜，
到处都是小石头。

蓝色的大河中，
那像白帆一样，
安安静静前行的，
是新月。

梦在河水中流淌，
星星也浮出水面了，
就像坐在竹叶舟里一样。

青草山

如果你在青草山的草丛里听一听，
就会听见各种各样热闹的声音。

"到今天已经七天没下雨了，
喉咙好渴啊，真想喝水。"
这是山里的黑土在说话。

"天空中有美丽的云，
让我伸手抓一朵吧。"
这是小小的蕨菜在说话。

"把太阳公公叫出来，我们看看吧。"
"我也去，我也去，我也跟着去。"
茱萸的芽、结缕的芽、茅草的叶子，
你会听见各种各样热闹的声音。

花儿的名字

绘本里，有很多很多
花儿的名字，
可我却都不认识。

在大街上看到的都是人和车，
海里看到的都是船和波浪，
海港总是看起来冷清清。

花店的篮子里，
不时可以看到漂亮的花朵，
可我却不知道它们的名字。

我问妈妈，妈妈也不知道，
妈妈说，因为我们住在城里，
所以不知道。为此，我常常感觉寂寞。

听话的洋娃娃，
绘本，皮球，我通通都想扔掉，
现在，现在，我就想去乡村。

在广阔的田野上奔跑，
知晓各种花儿的名字，
然后和它们成为好朋友。

松
果

海岸边的小松树上，
一颗松果，
因为渴望大海那边的远方，
从树枝上跳下来，
躲进了一艘小船里。

虽然它乘上了船，
却没能去远航。
小船在海里捕了一夜的鱼，
最后又回到了原先的岸上。

栗子

栗子，栗子，
你什么时候下来呀?

我好想要一个，
我好想摘一个，
可是，你还没下来
就被我摘掉的话，
栗子树会生气吧?

栗子，栗子，
你快下来呀。
乖乖下来呀，
我等着你哟。

暗夜里的星星

暗夜里，
一颗星星迷路了。
那颗星星
是个女孩吧？

像我一样
孤零零的，
那颗星星
是个女孩吧？

乡村

我想看得不得了。

小小的蜜橘长在橘树上，
熟透后变成金黄色的样子。

我想看无花果成熟之前，
像小孩一样依附着大树的模样。

另外，我还想看清风吹拂麦穗，
云雀在天空中尽情歌唱。

我想去得不得了。

云雀唱歌的时候多半是春天吧，
我想去看蜜橘树会在什么时候，
开出怎样的花朵呢。

我只在画里看见过的那个乡村啊，
乡村里肯定有很多很多的，
画里没有的东西吧。

花
魂

凋零的花儿，它的灵魂
在佛祖的花园里
重生了。

因为花儿温柔又善良，
太阳公公叫它的时候，
它立刻开花，微笑着，
给蝴蝶带去甜甜的花蜜，
给人们带去阵阵的芬芳。

风儿呼唤它过去的时候，
它果真老实地跟过去。

就连它的尸骸，
都送给孩子们做游戏，
成了孩子们过家家时的饭菜。

白天和夜晚

白天之后
是夜晚，
夜晚之后
又是白天。

无论身在何处，
都能看到昼夜交替。

像极了
长长的绳子，
这头
连着那头。

愿望

夜深了，
好困啊。

算了算了，睡了吧。
深夜里，一定会有一两个
戴着红帽子的小精灵，
悄悄地来到这间屋子里，
帮我做算术题吧。

看不见的
星星

天空的深处有什么呢？

　　天空的深处有星星。

星星的深处有什么呢？

　　星星的深处也有星星。
　　有我们的眼睛看不见的星星。

看不见的星星是什么星星？

　　随从众多的国王，
　　他那自恋的灵魂，
　　还有，大家看见的舞者，
　　她那隐藏起来的灵魂。

水和倒影

天空的倒影，
占满了整个水面。

天空的边缘，
还映着树林，
还映着蔷薇。
　　诚实的水，
　　接纳所有的倒影。

水的影子，
在茂密的树丛里一闪一闪。

有明亮的倒影，
有清凉的倒影，
还有摇晃的倒影。
　　水自己却多么谦逊，
　　自己的影子那么小。

狗与绣眼鸟

大个子狗的叫声
虽然很响亮，

但我还是喜欢
小个子绣眼鸟的叫声。

我哭泣的声音
跟哪一个更像呢？

歌谣

我感冒初愈
来到屋外，
发现大家都已经穿着无袖衫。

大家唱着歌，
我仔细一听。
"来吧，来吧，出来玩吧。"

我一边听着
这首从没听过的歌谣，
把手插进袖子，抬头望山，
发现漫山都已经是红叶。

夢から夢を

从一个梦到另一个梦

第四章

魔法槌

如果我有一把
能变魔法的小木槌，
我想变出什么呢？

羊羹、蜂蜜蛋糕、甜纳豆，
跟姐姐一样的手表。
当然不只是这些，
我还要一只会唱歌的白鹦鹉，
我还要一个戴红帽的小木偶，
我要每天看着她翩翩起舞。

不，这还不够，
我还想像一寸法师[1]那样，
个头儿一下子长得高高的，
变成大人，那该多好呀。

1　一寸法师：指日本童话故事《一寸法师》中的主角。一对老夫妇生下
一个拇指大的男孩，这个男孩虽小，但志不小，他通过努力，打败了鬼
怪，得到能帮助人们实现心愿的小木槌，最后变成一位高大英俊的青年，
迎娶了漂亮的公主。

一寸法师在哪里？
一寸法师身轻如燕，
从一个梦里飞到另一个梦里。

那白天他在哪里？
他在白天做梦的孩子的梦里，
从一个梦里飞到另一个梦里。

没有梦的时候，他在哪里呢？
没有梦的时候，不知道他在哪里。
因为，没有没有梦的时候。

卖梦

新年伊始，
卖梦人
来卖正月里的好梦。

装载宝物的船上，
正月里的好梦堆得
像小山那样高。

善良的
卖梦人，
悄悄地
把梦也送给了
陋巷里那些，
买不起梦的
孤独的孩子。

烟花（一）

绽放了，绽放了，烟花绽放了，
绽放了的烟花像什么？
像杨柳，像蹴球。

消失了，消失了，烟花消失了，
消失了的烟花像什么？
像隐形国度里的花朵。

烟花（二）

雪花纷飞的夜晚，
枯黄的柳树下，
我撑着伞走过。

突然想起，
夏天夜里，
燃放过的柳条状的烟花。

好想也在雪里
放烟花，
好想放烟花啊。

雪花纷飞的夜晚，
枯黄的柳树下，
我撑着伞走过，

闻到了很久以前，
我放过的烟花的气味，
那令人怀念的烟花的气味。

正月和月亮

月亮，
你为什么瘦了？

为什么
像门松[1]叶子那样
纤细？

因为正月就要来了吗？

1 门松：日本过年时在门口摆放一棵用松枝和竹筒组合起来的树，叫作门松，以迎接新年之神的到来。

白天的月亮

白天的月亮，
像肥皂泡一样，
白天的月亮，
仿佛风一吹，就会破掉。

此时，
在遥远的国度，
穿越沙漠的旅人们，
会不会在说：
好黑呀，好黑呀。

白天的月亮，
你为什么
不去帮帮他们呢？

等冰融化了，
湖底
会有学校吧？

那映在
芦苇影子里
摇曳的
红色瓦片，
还有白色墙壁。

芦苇枯了，
学校也没有了。

但等冰融化了，
湖底
还会留着曾经的影子吧。

等芦苇长绿了，
有一天，
湖底会传来
敲钟的声响吧。

泥泞

这条陋巷的
泥泞中，
有一片青空。

遥远的，遥远的，
清澈而美丽的天空。

这条陋巷的
泥泞，
是一片
深邃的天空。

大山孩子
的梦

大山深处，
有一个温泉小镇，
民宿老板的女儿
做了一个
美丽的
海之梦。

辽阔的
层层叠叠的
红色波浪上，
有金灿灿的
明晃晃的
斑驳鸟群。

从梦中苏醒后，
她感到一阵落寞，
原来那是锦盒上的
舞扇图案啊。

金米糖的梦

金米糖 [1]
做了一个梦。

春天，它在乡村
糖果店的
玻璃瓶里
做了一个梦。

梦到自己
坐在玻璃船上，
跨过大海，
去到大海的另一边，
变成了
天空中的星星。

1 金米糖：日本一种外形像星星的小小糖果粒。

幻
灯

那是什么时候的
梦呢？

映照在深夜里的那幻灯，
淡淡的、奇妙的、
令人怀念的、
浅蓝色的，
如同在画中一般，
时而看见，
又时而消失，
像极了谁那
温柔的眼睛。

那就是，那天夜里的
梦吧。

乐
队

演电影的乐队[1]
渐渐地走近了。

我轻轻扭过头看妈妈，
妈妈让我转回去，继续做针线活儿。

演电影的乐队
走到我家院子外边了，

该向妈妈打声招呼说"对不起"，
还是，该偷偷地一个人溜出去？

演电影的乐队
渐渐地走远了。

1 演电影的乐队：大正时期（1912—1926），电影在日语中叫作"活动写真"。当时多为无声电影，由幻灯机播放影片，乐队配乐。

小剧场
（芝居小屋）

用草席搭建的
那座小剧场，
演出，昨天结束了。

插着宣传旗的
剧场周围，
小牛正吃着草。

用草席搭建的
那座小剧场，
在那里可以看见
正沉入海里的夕阳。

用草席搭建的
那座小剧场，
檐角上站着一只海鸥，
它的羽毛
被晚霞染红了。

梦与现实

如果梦和现实能颠倒一下，
那该多好啊。
因为在梦里一切都不确定，
那该多好啊。

白天之后是黑夜，
我不是公主，
伸手摘不到月亮，
进不去百合花里，

时针总往右转，
人死不能复生。

这些全都可以颠倒过来，
那该多好啊。
有时候现实只是一个梦的话，
那该多好啊。

扑克牌女王

庙会结束的夜晚，
玩扑克牌的时候，
我一不小心，
把女王弄丢了。

很久以后，
一个秋高气爽的日子，
我打扫房间的时候，
在地板上发现了她。

她满身的泥土，
一副失魂落魄的样子，
连头发也发白了，
变成了一个老奶奶。

广告牌

再见了，
再见了——

火车后面的红灯，
消失在远处的黑暗中。

我终于死心，四处转悠，
春宵的街道繁华似锦。

广告牌的红灯，
转眼间就变成了蓝色。

没有眼睛的马儿

那匹穿着盔甲的马儿，
是一匹没有眼睛的马。
纵然骑兵急于赶路，
盲眼的马儿却看不见路。

穿着盔甲的骑兵抽打马儿，
马儿一头冲了出去，
穿过荞麦地，
越过红辣蓼，
最后撞在一棵朴树上。

穿着盔甲的马儿哭了，
穿着盔甲的骑兵也哭了。

织布

清晨开始咔嚓咔嚓
织布的，
乡村姑娘
心里在这样想。

我织出的这些布
不知什么时候，
就会变成城里人
穿的友禅 [1] 模样的和服吧？

咔嚓咔嚓，
每当织布机运作时，
棉布就变得越来越长了。

1　友禅：日本最具代表性的染色技法之一。在白绢布上绘画后染色，常
用于表现传统和服的多彩图案。友禅模样成品绚烂奢华，价格高昂。

天人

黄昏时分，我独自坐在山坡上，
欣赏晚霞的时候，
忽然想起某次去神社里参拜，
一抬头看见昏暗的格子窗里，
慈眉善目的天人吹着笛子坐在彩云上。

我的妈妈肯定也在
那美丽的彩云上吧。
她肯定身着薄衫，
一边跳舞，一边吹笛子。

欣赏晚霞的时候，
不知为何我听见了笛声，
听见了从远方传来的微弱的笛声。

我会出海吧。
　　等长大成人后的某一天，
　　那时海上风平浪静，
　　岸边礁石为我送别，
　　我独自一人，勇敢前行。

我会登上岛屿吧。
　　被海上猛烈的风暴席卷，
　　经过七天七夜，迎来黎明，
　　就这样一直漂到我向往的，
　　那个，那个，海岛的那个岸边。

我会写信吧。
　　我在自己搭建的小屋里，
　　一边独自开心地吃着
　　自己摘的红果，
　　一边写信给远方日本的亲朋好友。
　　（对了，我必须带上信纸，
　　还有信鸽。）

另外，我要等待吧。
　　等待镇上那些总是恶作剧的
　　孩子全部都
　　乘着红船
　　来与我玩耍。

是的，我会等待。
　　正好我趁机这么躺着，
　　一边看着碧海蓝天一边等着。

昼长

云的影子，
从一座山
飘到另一座山。

春天的小鸟，
从一个枝头
飞到另一个枝头。

那个小孩的双眸，
从一片天空
望向另一片天空。

我做着不着边际的
白日梦。

伊吕波纸牌[1]

我突然听到的声音，
是小孩的声音：
"花朵的花字在哪里？"

天上下着雨，蒙蒙细雨，
我走在去接哥哥的路上。
一回头，发现某户人家紧闭的挡雨板中，
透出点点灯光。

声音继续说：
"好，接下来是……"
我接着向前走，
前方的道路
黑漆漆一片。

---

1 伊吕波纸牌：是日本的一种纸牌，出现于江户时代，深受普通百姓喜爱。
48 张读牌和 48 张花牌构成一副，将花牌在榻榻米上排成一排，将读牌
人读到的花牌迅速取走。得牌最多者获胜。纸牌内容分别是以 48 个平假
名开头的谚语。

帆
船

我看了一眼
海边的贝壳，
就在这一瞬间，
刚才的那艘帆船
怎么就不见了？

就这样
消失了。
刚才谁来过呢——
刚才发生了什么啊——

月亮

黎明时分的月亮
挂在山的尽头。
笼中饲养的白色鹦鹉，
睡眼惺忪，瞥了月亮一眼，
哎呀哎呀，我的伙伴呀，打个招呼吧。

白天的月亮
藏在池塘底。
孩子戴着草帽，坐在岸边，
手持鱼竿，凝视着水面。
太漂亮了，把它钓上来吧？ 会上钩吗？

傍晚的月亮
藏在树枝里。
一只红嘴小鸟，
眼睛滴溜溜地转。
好大的果子啊，成熟了吧，我来尝尝吧。

白日烟花

买了线香烟花[1]的
那一天，

我实在等不及
夜晚的到来，
就躲到库房，
点燃了烟花。

烟花像芒草、落叶松，
咔嚓咔嚓，
一支一支
被我点燃了。

可是，我却感到
寂寞起来。

1 线香烟花：是一种缠绕、包绕在细竹棒上的小型烟花。

第一天

第一天，第一天，
早晨的天空湛蓝美丽，
从今天起我开始穿单衣。

第一天，第一天，
巡警叔叔也穿上了白衣，
吊丧的黑纱引人注目。

第一天，第一天，
晚间，僧侣会到来，
随后，还有点心会发下来。

第一天，第一天，
风和日丽的一天，
从今天起，小镇就进入夏天了吧。

玻璃窗上

我窝在被炉边，
透过门上的花玻璃，
隐约可以看见屋外的雪花
像花瓣一样漫天飞舞。

也能看见去后屋捡柴的奶奶，
她走在纷纷扬扬的雪花中，
背影时隐时现，
直到消失不见。

みえないお城

看不见的城堡

第五章

向日葵

太阳公公的车轮，
是金黄色的漂亮车轮。

在划过蔚蓝的天空时，
发出黄金一般的声响。

经过白云之间时，
看见了黑色的小星星。
天和地谁也不知道，
太阳公公的车轮，
为了不撞到黑色星星，
来了一个急转弯。

太阳公公被抛了出去，
他面红耳赤的，很生气，
金黄色的漂亮车轮，
被扔到遥远的人间，
很快就被他们忘记了。

现在，金黄色的车轮，
依旧日夜不停地转动着。

雪

落在海上的雪，成了海。
落在街上的雪，成了泥。
落在山上的雪，成了积雪。

还飘在空中的雪啊，
你想变成什么呢？

喜欢金子的国王

喜欢金子的国王，
连宫殿也是用金子做的。

国王的手触摸的地方，
连蔷薇也变成了金子。

国王的手拥抱的东西，
连公主也变成了金子。

国王的手能碰到的地方，
通通变成了金子。

可是，可是，
这个时候，
天空依旧一片蔚蓝。

摘瘤子的老爷爷 一

好心眼儿的老爷爷，脸上没有瘤子了，
他却觉得有点儿寂寞。
坏心眼儿的老爷爷，脸上长了两个瘤子，
他每天都哇哇地大哭。

好心眼儿的老爷爷去看望坏心眼儿的老爷爷，
哎呀，没想到我的瘤子长到你的脸上去啦。
哎呀，哎呀，真可怜，
我们一起再去一次吧。

不一会儿，从山里走出来两个老爷爷，
好心眼儿的老爷爷，脸上一个瘤子，
坏心眼儿的老爷爷，脸上一个瘤子。
两个人，嘻嘻哈哈，笑得正欢呢。

1　摘瘤子的老爷爷：《摘瘤子的老爷爷》是日本民间故事，讲的是有两个长瘤子的老爷爷，一个好心眼儿的老爷爷去山洞时遇见了一群鬼，他和鬼一块儿跳舞，因为跳得好，得到鬼的喜爱，鬼取走了他脸上的瘤子。坏心眼儿的老爷爷知道后，也去山洞里和鬼跳舞，但他跳得太糟了，鬼就在脸上给他多添了一个瘤子。

从竹子里
出生的公主，
回到了
月亮的世界。

回到了
月亮世界的公主，
每到夜里，
就会看着月下的世界哭泣。

因为思念老爷爷和老奶奶
而哭泣，
因为觉得那些糊涂的人可怜
而哭泣。

1 竹取物语：《竹取物语》是日本民间故事，写了一位伐竹翁在竹心中
捡到一个小女孩，起名为"辉夜姬"。辉夜姬长成亭亭玉立的少女后，
五名贵族子弟来求婚，她给求婚者出了几道难题以考验他们，但求婚者
均以失败告终。皇帝想凭借权势强娶，也遭到她的拒绝。最后，她在这
群凡夫俗子面前突然升天。而辛苦养大辉夜姬的老爷爷和老奶奶，只好
目送她离开。

公主每到夜里
还是不停哭泣，
但下面的世界
却飞快地变了。

老爷爷老奶奶
已经去世了。
糊涂的人们
早把她给忘了。

一寸法师变样儿了，
一寸法师当大官了。
骑着马，领着队伍，
风风光光地回老家。

爸爸妈妈真高兴，
做了一顶轿子来迎接他，
请来跑得快的小田鼠当轿夫，
快，快，出来看呀，
哎呀，多么壮观的队伍，
快来看看这是谁呀。

一寸法师变样儿了，
一寸法师当大官了。

龙宫

大海里的龙宫，
是用美玉做的，
像月夜一样蔚蓝。
小龙女坐在里面，
今天又看了一整天的大海，
她总是这样对着大海发呆。

无论怎么瞧，
也瞧不见浦岛太郎[1]的影子，
浦岛太郎早已回到陆地上。
浦岛太郎呀——

大海深处，推动时光静静流淌的，
只有那红色的海藻，
还有它那淡紫色的身影。

一百年过去了，小龙女
还在一直、一直这样守望着。

1 浦岛太郎：日本民间故事《浦岛太郎》讲述了善良的渔夫因为意外搭救了龙宫的神龟，被带到龙宫，得到了龙王女儿的热情款待。告别龙宫后，浦岛太郎回到家乡，发现家乡全变了，认识的人也都不见了，他想起临行时，龙女赠给他的宝盒，却忘记了龙女让他千万不可以打开的忠告，当他打开宝盒，瞬间变成了白发苍苍的老爷爷。

春天造访了麻雀之家，
房檐上的小草也发了芽。

被割掉了舌头的小麻雀 [1]
不能说话。
只好低垂着头，在家里
哭得稀里哗啦。

麻雀爸爸心疼它，
为它买了赏樱时穿的和服。
麻雀妈妈也心疼它，
为它做了赏樱时吃的饭团。

可是，小麻雀的眼泪，
还是滴滴答答地往下落。

1　小麻雀：《舌切雀》是日本的童话故事，讲的是一对老夫妇和一只麻雀的故事。老爷爷经常给前来玩耍的小麻雀食物吃，老奶奶很不高兴。有一天老爷爷外出，老奶奶煮了一锅准备用来浆衣服的糨糊，结果被麻雀吃了。老奶奶很生气，拿起剪刀把麻雀的舌头剪了。

纸箱房子

纸箱房子造出来了。

既不是装肥皂的箱子，
也不是装糖果的盒子，
而是我自己的家。

前面是白色石头门，
后面是漂亮的花田。
一共有十一间屋子，
真是非常漂亮的家。

后来我就住在这里，
我是可爱的小公主。

当漂亮的房子被摧毁，
变成了一个个箱子时，
我擦拭着老旧倾斜的，
房间里的柱子。

孩子们的钟表

也许没有这样的钟表吧。

像城堡一样的大小，
三里外就能看到上面的数字。

孩子们相聚在钟表房里，
推着时针转圈圈，
抱着钟摆荡秋千，
荡得越高看得越远。

清晨大家一起歌唱，
把太阳公公给叫醒，
晚上还能看满天的星星，
这样的日子，我该多开心呀。

看不见的城堡

我在山林里打猎，天色渐晚，
我带着看不见的随从，
准备回到看不见的城堡。

远处草原上有看不见的牧羊人，
正吹着看不见的笛子，
呼唤着看不见的羊群。

森林的尽头有看不见的城堡，
城堡里有看不见的黄金窗，
正一闪一闪地发着光。

我是个小王子，
骑着看不见的马儿，徐徐前行，
只听见看不见的铃铛在耳边叮当叮当。

沙子王国

现在的我，
是沙子王国的君主。

高山、峡谷、河流与平原，
都按照我的意愿改造。

童话故事里的大王们，
恐怕也不能像这样，
任意改造自己的河山吧？

现在的我，
是一个了不起的君主。

漂浮岛

我想要一座岛。

一座小小的漂浮岛，
在大海的波浪里轻摇。

小岛上永远都是花团锦簇，
我小小的家也用花做屋檐。
岛的影子映在蔚蓝水里，
轻轻地随着波浪摇曳。

如果看腻了岛上的风景，
我就扑通一声跳进海里，
潜入我的小岛下捉迷藏。

我真想要这样的小岛啊。

水手望着星星，
星星说：
"来吧，过来吧。"
这时的海浪非常凶猛。

水手的眼睛闪闪发光。
不惧狂风，也不惧海浪，
将船头对准星星的方向。

不知不觉间，
水手就到达了岸边。
"星星呢，星星呢？"他想。
可是星星依旧非常遥远。

而海浪想，我可不能再放过你了，
于是，就更加凶猛了。

沉睡的火车

沉睡中的孩子坐上火车，
从沉睡的火车站启程。

火车要去的地方是梦之国，
在铺满玻璃球的
红色线路上全速行驶。

月光明晃晃，云朵红灿灿，
玻璃塔的天顶上，
白色的星星时隐时现。

大家望着飞驰而过的窗外，
很快火车就抵达了目的站。

梦之国的礼物，
谁也带不走。
通往梦之国的道路，
只有沉睡的火车知道。

留声机

大人们肯定以为，
小孩子不需要思考。

因此，当我独自乘着小舟，
寻寻觅觅，终于找到一座小岛，
正准备敲响岛上城堡的大门时，
他们忽然打开了留声机。

我装作听不见，
继续写我的故事，
可是留声机的声音
还是轻轻地传进了我的房间里，
把我的小岛和城堡都偷走了。

国王的马

国王的马是木头做的，
随从的马是泥巴做的。

但是在玩具的王国里，
国王的马是金子做的，
随从的马是银子做的。

下雨的日子里，榻榻米上，
就变成了玩具的王国，
那里的天空依然晴朗，
绿色的草丛里传来了铃声，
那是金铃铛的声响。

启明星

云雀在空中
发现了启明星。

船夫的孩子在海上
发现了启明星。

中国的小孩在中国
发现了启明星。

谁会变得富有呢?

知道答案的
只有启明星。

黎明时分的花儿

宫殿里的鼓声响起，
花儿依然睡眼惺忪。

天色渐明，雾霭蒙蒙，
鼓声从远处传来。
花儿恍惚地听着
车轮缓慢远去的声响。

声音夹杂着梦，
带着花儿的心，
去向遥远的他乡。

不知名的小草上生长的花儿，
带着昨日的尘埃，今日的朝露，
在道路的两旁，
迷迷糊糊地做着美梦。

佛祖之国

若我们都将去到同一个地方，
佛祖会比任何人都
爱我们。

若与被猎枪打中的鸟儿，
去到同一个地方，
让那些可人的花朵和鸟儿
聆听动听的歌曲。

若将去往不同的地方，
我们所要去的地方，
将会是最低的地方。

就连最低的地方，
我们都去不了。
因为那里比中国更远，
因为那里比星星还高。

光之笼

我现在，是一只小鸟。

在夏日的树荫下，光线编织的笼子里，
被从不现身的主人圈养着，
我把会唱的歌都唱了个遍，
因为我是一只可爱的小鸟。

光线编织的笼子容易坏，
只要我用力伸展翅膀。

可是我很乖，
我被养在笼子里歌唱，
我是好心肠的小鸟。

波浪摇篮曲

睡吧，睡吧，哗哗哗，
哗哗，哗哗，快睡吧。

　　大海底，贝壳的宝宝
　　在海藻做的摇篮里睡着了。

睡吧，睡吧，哗哗哗，
十五的月亮，已经高高挂在天上。

　　海边，螃蟹的宝宝
　　在沙子做的小床上睡着了。

哗哗，哗哗，快睡吧，
一直睡到启明星升起来吧。

歌留多¹

暖炉上，
放着几个蜜柑，
旁边坐着奶奶，奶奶的眼镜
发出一闪一闪的光亮。

榻榻米上，
落着几张歌留多牌，
牌上有小小的脑袋，
一、二、三个。

玻璃窗外，
是静静的黑夜，
只有偶尔落下的雪
噼里啪啦地响。

1 歌留多：日本纸牌，在长方形纸片上，画有各种各样的形象或者诗词短句。是把和歌写在纸牌上，游戏者用的牌上只写有下句，听读牌的人读上句，找出对应的纸牌的一种游戏。

书籍

寂寞时，
父亲不在家，我站在他的房间，
专注地看着
书籍背面的金字。

有时候，我轻轻地踮起脚，
取下重重的书本，
如抱玩偶一般，抱在怀里，
躲到明亮的房檐下，看书去。

书中是横着写的文字[1]，
虽然没有一处日文假名，
但字就像图画，十分漂亮。
而且，还散发着奇妙的书香。

我顺着指尖，
翻过一页又一页洁白的书页，
仿佛听见了书中描写的
一个又一个故事。

1 日本书籍排版多为竖排，此处指外文书籍。

嫩叶的光影划过书页，
在五月的房檐下，
阅读父亲那些厚厚的书，
是我非常喜欢做的事。

行军象棋

行军象棋中的骑兵，
成了敌人的俘虏。

成了俘虏的骑兵，
为了逃脱敌人的手掌心，
因为太过着急而掉进了火炉里。
哇，哇，糟糕了，
快救救我呀，我要被烧死了。

大吃一惊的小苍蝇往里瞧，
在没有火的火盆正中央，
骑兵挣扎着，满身是灰。

仙人

吃了花朵的仙人，
渐渐地升上天去。
　　　他自言自语道。

我吃了一朵桃花，
绯桃花真苦。
　　　于是，仙人吃了一朵紫云英。
如果我一直吃花朵，
那么，总有一天能够抵达大空吧。
　　　接着，仙人又吃了一朵紫云英。

但太阳就要落山，
家家户户的灯都亮了，
　　　于是，仙人又吃了晚饭。

我要把全世界的国王召集起来，
告诉他们："你看，今天的天气真好啊。"

因为国王殿下的王宫很宽敞，
所以他们都不关心天气吧，
他们都不知道有这样的天气吧。

我要把全世界的国王都召集起来，
这件事比成为国王，
要有趣得多吧。

一万倍

比世间所有国王的宫殿
都加到一起
还要美丽一万倍的是
——洒满星星的夜空。

比世界上所有女王的衣服
都加到一起
还要美丽一万倍的是
——水中倒映的彩虹。

比洒满星星的夜空
和水中倒映的彩虹
都加到一起
还要美丽一万倍的是
——天空之城。

佛龛

屋后种植的橙子，
城里特有的花糕，
都要献给佛祖，
我们不能拿。

但是，善良的佛祖，
马上就会送还给大家。
因此我恭恭敬敬地，
将双手合十接过来。

我家没有后院，
但佛龛里总是
有盛开的美丽花朵，
让家变得温暖敞亮。

善良的佛祖，
也将这花送给了我。
不过，凋零的花瓣，
可是不能踩的哟。

祖母每天早晚，
都会给佛灯添上灯油。

佛灯里一片金黄色，
如同宫殿一般闪亮。

每天早晚，
我都不会忘记在佛龛前行礼。
这时候就会想起一件一件
被我遗忘了的往事。

即使我遗忘了，
佛祖也会保佑我吧。
所以，我很感恩：
　"谢谢您，谢谢您，佛祖。"

佛龛虽然像金色的宫殿，
但其实这是一扇小小的门，
如果我一直是乖孩子的话，
总有一天可以穿进这扇门里去。

ちいさなお里

小小的故乡

第六章

纸
拉
门

房间的纸拉门，就像一栋楼。

洁白美丽的石壁墙，
伸向天空的十二层，
共有房屋四十八间。

有间房里停着一只苍蝇，
其他的房间全都空荡荡。

空荡荡的四十七间房，
谁会搬来住呢?

那扇开着的窗户，
哪个孩子会跑来瞧呢?

——那扇开着的窗户，是我怄气的时候，
　　故意用手指戳出的小孔。
漫长的夏日里，
我一个人待在家的时候，
从这个小孔里望出去，
发现湛蓝的天空瞬间就变暗了。

推车

推车，
嗨哟，嗨哟。
哎呀，好重呀。
上坡时，
汗水，滴滴答答，
滴进土地里。

推车，
嗨哟，嗨哟。
喂喂，太快了。
下坡时，
路上的小石头，
被压成了条纹状。

推车，
嗨哟，嗨哟。
朝下方看去，
我发现了
火红的蔷薇花。

小船之家

爸爸，
妈妈，
我，
还有哥哥。
我们的小船之家，是快乐的一家。

卸完货，夜幕降临，
初更的星星刚挂上
船儿的桅杆时，
我坐在温暖的篝火旁，
听爸爸讲故事，慢慢进入梦乡。

黎明时分，星星泛白的时候，
微风吹拂，船儿扬帆起航，
出了港，就迎来广阔的海洋，
雾散去后，就看见了美丽的小岛，
波光闪耀，鱼儿在波光中钻进钻出。

正午后，海上开始起风，
波涛轰隆隆地翻滚，
在遥远的大海尽头，
金色的太阳沉入海中，

这时，大海比花儿还漂亮。

我们吃着用潮汐水烹饪的饭菜，
整艘船都沐浴在霞光里，
船帆里装满了风，
在广阔的大海上航行，
小船之家，快乐的一家。

明亮的家

山樱花绽放的山丘上，
有一栋明亮的房。

从早到晚，房间里，
都装满了阳光。

粉红色的墙上挂着的，
是一张彩虹和天使的画。

我知道那里有多少间玩具房，
多少玩具架和玩具。

不知道从什么时候开始，
不知为什么我全都知道。

因为那里是我的家，
因为那里是我的家。

角落的干货店

角落里的干货店，
店里的盐袋子上，
阳光正好在上面，
一点点向西挪移。

第二家店是间空屋，
里面堆放了空草袋，
流浪狗们正在袋子里，
钻进钻出。

第三家店是烧酒屋，
装木炭的袋子前面，
从山里来的马儿
正享用着粮草。

第四家店是书店，
书店招牌的影子下，
我正张望着
这些店铺呢。

小小的
故乡

芥子玩偶[1]，
芥子玩偶。
我真想去你的故乡呀。

你故乡的稻草房顶，
小到可以放在我的手心里吧。
对了，你那儿紫云英开了吧，
你摘花了吗?

看着紫云英，不知不觉天就黑了，
小小的月亮也出来了。
芥子玩偶，芥子玩偶，
你故乡的春天，
也让我感到怀念。

当我感觉大大的房间冰冷时，
当我害怕大大的猫咪时，
我真的好想你呀。

1 芥子玩偶：日本江户时代中期流行的一种可以换衣服的小木偶。

女
儿
节
1

三月的女儿节到了，
可是我什么也没有。

邻家的人偶真漂亮，
可那是别人的东西。

我还是和我的小玩偶，
两人一起吃菱饼吧。

1　女儿节：日语里叫"雏祭"，每年旧历三月三日，有女孩的家庭会摆
上人偶、年糕、桃花等以示庆祝，祝愿女儿健康成长。菱饼、雏霰和白
酒等都是女儿节的应节物。

庙会时节

庙会的花车已经做好了，
海边卖冰的店铺也搭起来了。

我家后院的桃子已经红了，
莲田里的青蛙也叫起来了。

学校的考试昨天就结束了，
跳舞用的浅色丝带我也买好了。

就等着逛庙会了，
就等着逛庙会了。

庙会后

庙会后，
笛子的声音，
与喇叭和太鼓
告别。

带着寂寞气息的
笛子声，
在藏蓝色的夜空中
不停回响。

藏蓝色的夜空中
那条天河，
此时开始
泛白了。

洋灯

我来到乡下的
庙会上，
秋季的白天很短暂，
太阳很快就下了山。

花车的声音
还在远处回响。
洋灯暗淡，
光线朦胧……

我仔细一听，
不知在什么地方，
有虫儿偷偷地
在歌唱。

几座山

镇子的后面有座小山，
山的对面是一个村庄，
村庄的那边是座高山，
没人知道高山后面有什么。

要翻过几座山，
才能看见我曾在梦里见过的，
那座黄金之城呢？

吊丧的日子

以前，每次看到别人家有丧事，
院子里装饰着鲜花和彩旗，
我都暗暗地想，
要是我们家也这样该多好。

可是，今天我们家的丧事却很无聊，
院子里虽然人很多，
但谁都不跟我玩儿，
从城里来的姑妈，
默默地哭肿了眼，
虽然没有人责备我，
我却总觉得很害怕。
我在店里缩成一团，
长长的吊丧队，
像云朵一般，
从家里涌了出去。

之后，我就更寂寞了，
今天真的好寂寞。

我
的
故
乡

妈妈的故乡
在大山的另一头，
一个开满桃花的
桃村里。

奶奶的故乡
在大海的另一端，
一座海鸥聚集的
孤岛上。

我的故乡
我感觉可能在一个不知名的，
也不知道在哪里的地方。

大字

用寺庙里最大的毛笔，
请谁来写几个大字吧？

在东方的天空上
尽可能大地写上几个字，
写"孩子们的王国"吧？

让刚出来的
月亮，
大吃一惊，
吓得打个嗝吧。

红色小舟

一棵松
一棵松
你在眺望大海吗?
我也一个人
眺望着大海。

湛蓝的大海,
洁白的云朵,
还是看不到
那艘红色小舟。

乘红色小舟的
父亲啊,
曾几何时在梦里与我相会的
父亲啊,

一棵松
一棵松
告诉我什么时候才回来呢?

神
轿

红灯笼
还没点亮，
秋日的庙会
已近黄昏。

我玩得累了
回到家中，
父亲像
家里的座上客，
母亲则
依旧忙个不停。

令人感觉寂寞的
黄昏时分，
忽然，我听见
抬神轿[1]的欢呼声，
就像暴雨一般
从后巷里刮过。

1 抬神轿：庙会上的一项活动，抬上供奉的神明举行各类"游神""迎神"
活动。

电报员

红色自行车经过的道路，
两旁是一片一片的麦田。

红色自行车载着的是，
身穿黑衣服的电报员。

去村庄里的哪户人家呀，
会传达怎样的消息呢？

麦田间的小路上，
红色自行车飞驰而过。

邻村的庙会

我从院墙里往外看，
五颜六色的东西划过眼前。

大家都朝东边去，
影子也齐刷刷地跟着向前，
白色的尘埃在空中飞舞。

向西行的只有空荡荡的，
一辆装货的旧马车。

一动也不动的只有篱墙，
白色的木槿，还有我。

庙会什么的，真无聊，
我才不想去呢，
今天可是个好天气。
我闭上眼睛，听见脚步声，
全部都朝东边去了。

庙会的
太鼓

绿叶上长新绿，
我穿上红木屐，
走在开满新绿的绿荫里，
呱嗒，呱嗒，呱嗒嗒。

淡黄色的天空，
在那天空中，
你听，是太鼓的声响，
轰隆，轰隆，轰隆隆。

白色的街道，
竞技的赛马，
披着出行的盛装，
咚咚，咚咚，咚咚咚。

庙会后的第二天

昨天因为抬神轿的热闹，
不知不觉高兴得忘了神。

昨晚伴着远处的背景乐，
我做了一个演戏的美梦。

醒来后叫着找妈妈，
还被大家笑话了。

我起身，悄悄地走出房间，
望见后山上挂着一轮明月。

乡村图

我在看一幅乡村图。
寂寞的时候，我会钻进图里，
走在白色的小路上散步。

对面可以看见带水车的小屋，
虽然看不清楚，但小屋里，
住着善良的看门的老爷爷。

小屋的树荫下长着茱萸，
红色的茱萸果已经成熟了吧。

那边可以看见的山阴处，
坐落着小小的村庄。

乡村图里的小路上，
一个人也没有，非常寂静。

现实世界里川流不息的人与车，
在图里就变得安静了，
无论何时，图里总是一片风和日丽。

书本
和大海

其他的孩子有吗？
像我这么多各种各样的书本。

其他的孩子知道吗？
那些中国和印度的故事。

他们都是不看书的孩子，
什么都不知道的渔夫的孩子。

大家都去海边玩儿，
我却独自在看书，
大人们都在睡午觉。

大家现在，都在大海里，
乘着波浪，钻进钻出，
像人鱼一样，快乐玩耍吧。
人鱼王国的故事，
在书本上读过以后，
我就想去海边玩了。

忽然，我想去海边玩了。

路灯的影子

郊游那天的火车上，
不知是谁在歌唱。
老师露出了笑颜。

车窗外傍晚的天空里，
我忽然看见，星星点点的，
如烟花般稍纵即逝的，
路灯的影子。

仔细看那路灯下，
竟然有母亲的脸庞。

从山中返回的火车上，
不知是谁在歌唱。

麦芽

农民伯伯在田里播好了种子。

每晚夜霜都会降临，
但每天清晨，朝阳又会将它抹去，
可是，田地还是光秃秃黑乎乎的。

某天半夜里，不知是谁来了，
挥了三下魔法棍。
"孩子们，孩子们，快出来吧。"

次日升起的启明星，
跟农民伯伯一起发现了麦芽。
到处都是麦芽。

从小镇上回来的大山的孩子啊，
小镇上有什么呢？

黄昏时分十字路口的人群里，
没被踩到的那一棵茱萸，
就像森林小屋里的灯光，
静静地躺在那里。

从小镇回来的海滨的孩子啊，
小镇上有什么呢？

电车道旁的水坑，
就像清澈的蓝天，
水坑里漂着的鱼鳞，
就像白天里寂寞的星星。

大大的
提篮

提篮，提篮，
大大的提篮。
到宽阔的原野上去吧，带着这个提篮，
去摘满满的一篮蓬草吧，
每个孩子，每个孩子，每个城里的孩子。

可是，孩子们都不知道，
田野里的蓬草，
为了拿去城里卖，
全部都被乡村人摘掉了。

节日来临，春意才刚显，
蓬草叶才刚刚发出新芽，
被摘了的话就会枯萎，
被摘了的话就会枯萎。

提篮，提篮，
大大的提篮。
每个孩子，每个孩子，都高高兴兴的。

乡村的街道 与飞机

天空中飞机驶过，
村里所有的人都出来了。

糖果店里一个人也没有，
理发店镜子里也空荡荡的，

大家都张大了嘴，
望着春日的天空。

传单宛如成群小鸟，
在空中飞舞。

飘落到家中的院子里，
像樱花一样散落了一地。

飞机从空中飞走了，
但全村人还呆呆地站在那里。

みんなお好きに

什么都喜欢

———

第七章

什么都喜欢

我好想喜欢上啊，
喜欢上所有的一切。

洋葱，西红柿，小鱼儿，
一个也不漏的，都喜欢。

因为我家的菜肴全部是，
我的妈妈辛苦做出来的。

我好想喜欢上啊，
喜欢上所有的人。

不管是医生，还是鸟儿，
一个也不漏的，都喜欢。

因为世界上所有的东西，
都是神灵辛苦造出来的。

鱼
儿

大海里的鱼儿真可怜。

大米是被人种出来的，
牛儿是被养在牧场里的，
鲤鱼也在池塘等人喂养。

而大海里的鱼儿，
从来没人照顾它们，
也从来不会使坏，
却要这样被我吃掉。

鱼儿真的好可怜。

羽绒被

温暖的羽绒被
该给谁呢?
给那在屋外睡觉的小狗吧。

"与其给我,"小狗说,
"不如给后山上的孤松吧,
它正独自忍耐着寒风呢。"

"与其给我,"孤松说,
"不如给原野上睡着的枯草吧,
它们身上正披着霜衣呢。"

"与其给我,"枯草说,
"不如给睡在池中的小鸭子吧,
它们正枕着冰块睡觉呢。"

"与其给我,"鸭子说,
"不如给住在雪屋里的星星吧,
它们正瑟瑟发抖呢。"

温暖的羽绒被
应该给谁呢?
还是我自己盖着睡觉吧。

小河旁

我们相遇在小河旁，
但你却装作不认识，看着河面。

昨天，虽然我和你吵了架，
今天却不知为何如此想念。

我试着对你微笑，
但你却装作不认识，看着河面。

我依旧对你微笑，
可一瞬间，又止不住泪流满面，

我啪嗒啪嗒地跑开，
只留下石子路上的一排脚印。

买糖果

我悄悄地瞒着妈妈
去买糖果，
每次走到糖果店门口，
到了，却又转身走开，
然后，又忍不住往店里走。

从一口京都腔的阿姨那儿，
得到的一块
白花花的银圆，
我揣在手里，揣在手里，
汗都给揣出来了。

我的
蚕宝宝

在这小小的盒子里，
住着我的蚕宝宝。

洋娃娃虽可爱，但它们
既不会说话，也不会动。

蚕宝宝会吃绿绿的桑叶，
可以发出可爱的咀嚼声。

不久等它结成茧，
把蚕茧剥出来后，

我要做小公主穿的
彩虹的和服。

那乖乖吃着桑叶的，
就是我的蚕宝宝们。

大人的玩具

大人拿着大大的铁锹，
去田里锄地。

大人乘着大大的船儿，
去海里捕鱼。

而且，大人的大将军，
拥有真正的军队。

我的小小军队，
既不能说话，也不能动。

我的小船很容易就会翻，
我的小铁锹也已经折断。

想想真是又寂寞又无聊，
真想拥有大人的玩具啊。

小鸟在树枝上筑巢，
兔子在山洞里搭窝。

牛儿有牛棚，还有稻草，
蜗牛嘛，随时随地都背着家。

大家都应该有家，
晚上都该在家里睡觉。

可是，鱼儿有什么呢？
没有可以挖洞的手，
也没有坚硬的壳，
更没人给它盖小屋。

无家可归的鱼儿，
因此，即便在潮水翻滚的夜里，在冰冷的夜里，
它也只能整夜整夜地游来游去。

燕子的手账

清晨宁静的沙滩上，
我捡到了一本小小的手账。
红绸缎的封皮，烫金的文字，
里面一片雪白，崭新得发亮。

是谁落下的呢？
问海浪，海浪哗啦啦，
我往四周打量，
沙滩上也不见脚印。

肯定是黎明时分，
南飞的燕子们吧，
本来想写旅行日记的，
却一不小心忘在了这里。

睡衣

八点的钟声
响起，
妈妈帮我
穿睡衣。

洁白、洁白的，睡衣呀，
穿着它睡觉，
梦都变成白色的。

白天穿的花衣裳，
穿着它睡觉，
可以变成小花朵。
带蝴蝶的外套衫，
穿着它睡觉，
可以变成花蝴蝶。

但是，是妈妈
帮我穿衣服，
我只好乖乖地
穿上白色的睡衣。

奶妈的故事

从那以后奶妈就不讲故事了，
她以前明明那么喜欢讲故事的。

"我早就听过了。"我说完这句话时，
奶妈脸上露出了非常寂寞的表情。

奶妈的瞳孔里有山丘，
还有原野上盛开的野花。

我好想念奶妈讲的故事，
如果她能再给我讲一个，
无论重复五次还是十次，
我保证都会乖乖地听。

学别人撒娇

——没有爸爸的孩子的歌谣

"爸爸哟，
告诉我吧。"
有一个孩子在撒娇。

后来，
在回家的小路上，
"爸爸哟。"
我轻声模仿着同样的语调，
不由得有些不好意思起来。

篱笆上的白木槿
好像都在笑话我了。

泡澡

跟妈妈一起泡澡的时候呢，
我，很讨厌泡澡。
因为妈妈会抓着我，
像刷锅一样搓来搓去。

但是一个人的时候，
我，很喜欢泡澡。

因为在浴缸里可以做的事情真不少。
其中我最喜欢的，
是在漂浮的木板上，
放上肥皂盒和装着香粉的小瓶。

（那就好像在一张黄金桌上，
摆放着丰盛的美食，
我是印度的国王，
泡在开满白莲和红莲的，
美丽水池里，
享用着清凉的晚餐。）

记得妈妈曾经是不许我带玩具泡澡的，
但有时候，附近的花瓣会飘进屋里来，
变成我澡盆里的小船。
有时候，我还会在水里玩魔术，
让手指像被施了魔法一样，
变得长长的。

虽然谁都不知道，
但是，我很喜欢泡澡。

给卖鱼的阿姨

卖鱼的阿姨，
请把头朝那边偏一下，
现在我要帮你
插一朵花，
一朵山樱花。

因为阿姨，你的头发上
没有头花，
也没有带星星的发夹，
什么都没有，太冷清了。
你看，阿姨，
你头发上插着漂亮的花，
赛过戏里公主的头钗，
山樱花开了。

卖鱼的阿姨，
请你转过头来，
我刚刚为你
插了一朵花，
一朵山樱花。

跑腿

月亮阿姨，
我要去跑腿了。
我紧紧抱着崭新的高级和服，
给别人家的小姐送去。

月亮阿姨，
你也去吧，
去我要去的地方。

月亮阿姨，
只要我不遇上调皮捣蛋的孩子，
妈妈让我跑腿送东西的时候，
我总是很乐意的。

而且，而且，
月亮阿姨，
我真的很期待，
因为等你变圆的时候，
我也可以有新衣衫穿了。

发簪

谁都不知道，
我用千代纸[1]包着
那支发簪，
拿来玩耍。
　　妈妈在洗澡，
　　哥哥去跑腿了……

有谁看到我，
偷偷地把那支发簪，
藏了起来吗？
　　太阳公公也已经下山了，
　　月亮奶奶也还没出来……

　　谁来帮我找找啊，
　　那个发簪上的
　　花骨朵，
　　掉下来找不到了。
　　　　白天角落里黑乎乎的，
　　　　金银草还长得那么茂密……

1 千代纸：用木板印出各种彩色花纹的日本纸。

这件事，说好了，
谁都不知道。
谁都不知道哟。

陌生阿姨

我一个人扒在
杉木栏上往外望，
陌生的阿姨
正好从栏外经过。

我叫了一声阿姨，
阿姨就像认识我似的，冲我微微一笑。
我也跟着露出笑容，
阿姨笑得更灿烂了。

陌生的阿姨，
真是一个亲切的阿姨。
她走着走着，消失在
花朵盛开的石榴树后。

一个接着一个

月夜里我玩捉影子游戏时，
妈妈会来叫我回家睡觉。
　　（要是能再玩一会儿就好了。）
可是回家睡觉后，
我可以做各种各样的梦。

做着美梦的时候，
早上还是会被叫起来上学。
　　（要是不用去上学就好了。）
可是到学校后，
跟小伙伴一起也很好玩。

大家一起堆城堡时，
教室的钟声响起。
　　（要是钟声不响就好了。）
可是听老师讲课，
其实也很有趣。

其他的小孩也这样吗？
也像我这样矛盾吗？

小牛

一、二、三、四，在交叉路口，
大家一起数着货车。
五、六、七、八，
八辆货车上载了小牛。

满货车的小牛，
要载到什么地方去卖吗？

傍晚凉风飕飕的交叉道口，
大家一起目送货车去远方。

没有妈妈在身边，
小牛们晚上怎么睡得着呢？

小牛们会被送去哪里呢？
真的，它们会被送到哪里去呢？

两个
小箱子

一只箱子里装满了漂亮的小碎布，
有红绸，有缎子，有甲斐绢。
另一只箱子里装满了南京玉，
有黑的，白的，绿的。
　　这些全都是我的哦。

等到有一天，
小哥哥当船长的时候，
我要把这两个小箱子托付给他。
　　这些全都是我的哦。

小船驶过万水千山，
到小人岛上做生意。
回来时，甲板上堆满了
像小山一般高的宝物。
　　这些全都是我的哦。

我把它们放在敞亮的走廊上，
排成一排。
随即响起了沙沙声，
那是我在数南京玉。
　　这些全都是我的哦。

茶柜

茶柜上，
放着马口铁罐子，
就像神话里的
银壶。

时钟敲响三下，
从里面拿出来的
是饼干。

茶柜里放着点心盘，
昨天从里面拿出了
蛋糕。

如果点心冒不出来了的话，
说明现在里面
一定是空空的啦。

大大的浴缸

大大的，
大大的浴缸。
池底是白沙，
头顶是青空，
如果有人想进来，
也不用缴费。

于是，我带着西瓜皮进来了，
于是，弟弟带着乌龟玩具进来了。

在遥远的、看不到的某个尽头，
中国的孩子也泡在里面，
皮肤黝黑的印度孩子，也在里面玩耍。

串联整个世界的
大浴缸，
是一个美丽的浴缸。

白色的帽子

白色的帽子，
暖和的帽子，
可惜的帽子。

不过，还是算了，
失去的东西，
就是失去了。

不过，帽子啊，
求求你，
不要掉进水沟那样的地方去，
最好是刚好挂到
某处高高的枝丫上，
不要像我，老是笨手笨脚，
你可以为不会搭窝的可怜的鸟儿，
做个温暖舒适的小窝。

白色的帽子，
绒线织的帽子。

文字烧[1]

文字烧的香味啊，
下雨了，
淅淅沥沥的小雨。

糖果店里黑漆漆，
一眨眼可以看到，
香烟红红的火光。

可以听见五六个人，
在十字路口，
各自告别的声音。

文字烧的香味啊，
下雨了，
淅淅沥沥的小雨。

1　文字烧：日本关东地区特色食品。由面粉糊和各种食材混合后浇在烧
热的铁板上烤制而成。

急雨蝉声

火车窗外，
传来急雨般的蝉声。

一个人的旅途中，
黄昏时分，
我闭上双眼，
眼中浮现出，
盛开的金色和绿色的
百合花。

我睁开双眼，
车窗外，
不知名的山丘上，
已经披上了晚霞。

刚越过山，
又接着传来了
急雨般的蝉声。

气球

拿气球的娃娃站在身旁，
就像是我自己拿着一样。

嘀，不知什么地方传来了笛响，
好像在庙会散去的后街大道上。

红色的气球，
白色的月亮，
挂在春天的天空上。

拿气球的娃娃走了，
我感到有一些孤单。

栗子、柿子与绘本

叔叔寄来了栗子，
是丹波山[1]上的栗子。

栗子中夹了一片
丹波山上的松叶。

阿姨寄来了柿子，
是丰后[2]乡下的柿子。

柿子蒂中
爬进一只丰后乡下的小蚂蚁。

我的家在城里，
从家里寄来了漂亮的绘本。

可当我打开包装时，
除了绘本，还有什么呢？

1 丹波山：地名，位于日本兵库县内丹波市。
2 丰后：日本古代的令制国之一，属西海道，又称丰后、丰州。

橙田

听说橙田里的橙树，
全部都被砍掉，连根也被挖了出来，
橙田变成了泥田。

虽然我不知道要用泥田来做什么，
可是，我们又不能在茄子上挂秋千，
　　（也许虫儿们可以这样做。）
而且，也不能在豆角上攀爬。
　　（如果是杰克的豌豆[1]也许可以。）

橙田里的橙树啊，
还长着青涩的果实就被砍掉了。
我们能玩耍的地方又少了一处。

1 豌豆：这里指童话故事《杰克与豌豆》中的豌豆。

纸步枪

纸步枪，
乒、乒、乒。

到今天为止都没出现过，
一夜之间就流行起来了。

大家都在伐竹子，
大家都在做纸子弹。

纸步枪，
乒、乒、乒。

到今天为止都很炎热，
一夜之间秋天就来临了。

大家都在削竹子，
大家都在仰望天空。

水と風と子供

水、风和孩子

第八章

水、风
和孩子

围着天地
咕噜咕噜转的
是谁呀?
是水。

围着世界
咕噜咕噜转的
是谁呀?
是风。

围着柿子树
咕噜咕噜转的
是谁呀?

是馋嘴的孩子们呀。

我在剥蚕豆的时候
听到，
隔壁邻居家的孩子
挨骂了。

偷偷去瞧上一眼吧？
好像有点儿不太好。
我抓了一把蚕豆
悄悄地溜出门，
又抓着这把蚕豆
退了回来。

邻居家的孩子，
做了什么恶作剧呀？
邻居家的孩子
挨骂了。

糖果

我偷偷地藏了一颗
弟弟的糖果。
本来想着我绝对不吃，
可还是吃掉了
那颗糖果。

妈妈如果告诉他有两颗，
那我该怎么办呢？

我放下剩余的糖果，
又忍不住拿起来看，
弟弟还是没回来，
最后，第二颗糖果
也被我吃掉了。

苦苦的糖果，
让人揪心的糖果。

深夜里的风

深夜里的风是调皮的风，
独个儿夜行感觉孤单。

摇醒睡着了的树叶吧？
睡着了的树叶被摇晃着，
做着乘船出海的美梦。

摇醒青草的绿叶吧？
青草的绿叶被摇晃着，
做着荡秋千的美梦。

深夜里的风只好无奈地，
独个儿悄悄划过天空。

闹别扭的时候

我很早就在这里闹别扭了，
可谁都不来找我。

不知为何，闹别扭的时候，
谁都不来找我。

我听见
演电影的乐队，
渐渐地走远了，
不知为何，我忍不住想哭了。

和
好

紫云英盛开的田野上，春霞飘，
那个孩子站在我对面。

他手中拿着一朵紫云英，
我也摘了一朵紫云英。

我发现他露出了笑容，
我也不由得露出了笑容。

紫云英盛开的田野上，春霞飘，
叽叽喳喳，云雀叫。

摔倒的地方

想不起是哪一次在回家的路上，
我摔倒了，还大哭了一场。

那天看见我哭泣的阿姨，
今天这么巧，又在店里撞上了。

桃太郎[1]，桃太郎呀，
快把你的隐身衣，借我用一下吧。

1　桃太郎：日本民间故事，讲的是一个从桃子里出生的小男孩打败恶鬼，
为民除害的事。隐身衣是他的法宝之一。

云朵的颜色

晚霞
消失了，
云的颜色暗了。

吵完架后，
我一个人
回来了。

看着空中的云朵，
哇的一声
哭了出来。

秋千

电线杆是铁做的枝丫，
是电线工人攀爬的枝丫。
　　　我在上面搭起了秋千。

因为，这附近没有树，
我家也很小，搭了会挨骂。
　　　于是，我便在这儿搭。

刚在秋千上晃了一下，
竟然就撞上了电线杆。
　　　我只好卸下了秋千。

小心翼翼地把绳子绕在手上，
然后，朝着陋巷跑去。
　　　因为那里可以玩跳绳游戏。

转柱子

咕噜咕噜，围着柱子转。

咕噜咕噜，在学校前门转，
咕噜咕噜，围着大树转，
咕噜咕噜，围着稻草堆转，
大家手牵着手转啊转。

这条路上什么也没有，
啊，有个一年级的学生，
围着那个孩子转吧。

"转柱子好玩吗？"
"转柱子好玩吗？"

乱来的孩子

咚恰，咚恰，这孩子真乱来。

手里提着坏掉的草鞋，
站在麦田中央的道路上。

跳起来看到远方的浅滩，
看到那田埂里的大豆花。
麦子仿佛也要随之跳跃。

路边紫云英、油菜花盛放。

左摘一朵，右摘一朵，
坏掉的草鞋真碍事啊。

不再需要坏掉的草鞋，
于是将它砰的一声扔掉，
真是乱来。
真是个乱来的孩子。

午休

"大家快来玩，玩攻城游戏。"
"大家快来玩，玩捉鬼游戏。"

那一组，不让我参加，
那一组，那个孩子是主帅。

我装作不在乎，一个人
蹲在旁边的地上画火车。

那一组，已经分好队开始了，
那一组，在决定由谁当鬼啦。

大家都已经开始游戏了，
可我心中还是忐忑不安。

在嬉戏打闹中，我听见了
后山传来的蝉鸣。

哥哥挨骂了，
从刚才起，我就在这里，
把小褂的红绳儿，
结了又解，解了又结。

可是，屋后的空地上，
从刚才起，就有人在玩捉迷藏。
不时还能听到鹰的叫声。

树的果实和孩子

掉落的果实被捡走了，
被染坊家的养子捡走了。

染坊家的养子被责骂了，
因为他玩到天黑才回家。

捡来的果实被扔掉了，
被扔在了染坊的后门口。

被扔掉的果实发芽了，
染坊家的养子不知道。

感冒

随风飘香的
橙子花呀，
橙子园里的
橙树上，
有我昨天才
搭起的秋千。

今天我感冒了，
躺在床上，
刚才来看我的
长胡子的大夫，
会不会给我
开了很苦的药？

白白的
香香的
橙子花呀。

滚铁环

穿过这条街，
穿过那条街，
我滚着铁环，嘎啦嘎啦。
追上一辆人力车，
超过两个板板车，
嘎啦嘎啦。
追上第三辆车时，
就已经出了村庄，
朝着村外，嘎啦嘎啦。

田间的道路，
一直延伸到天边，
转到天边吧，嘎啦嘎啦。
太阳落山了，
转到夕阳里去吧，
然后丢下铁环，回家吧。
从海上升起的星星，
头顶着铁环。
天文台上的博士看见了，
大吃一惊，眼睛都瞪圆了。
"大发现，不得了，
又多了一颗土星啊。"

坏孩子之歌

哭哭，
哭着逃跑，
胆小鬼，
小毛孩。

我们可不管
什么时候
去你家，
向你妈妈告状。

那孩子的
妈妈
时常
很生气。

咱们的
妈妈
还不错。

征讨雷雨

水盆的小船载着的，
是发光的宝剑和竹制的筒炮，
还有妈妈给我当点心的饼干。

来吧来吧，准备起航了，
船长要登船了。
路上如果遇到金鱼问我去哪儿，
我会斩钉截铁地告诉它。

"我要去讨伐那打翻我的箱庭[1]，
毁坏之后，还偷偷溜走的
刚才的那阵可恶的雷雨。"

---

1 箱庭：一种日式盆景。在一个盆子或者盒子里放入泥土或沙石，加上
植物或微型建筑，制作成迷你庭院。既是一种游戏，也是一种创造场景
表达自己内心的活动。心理学领域有"箱庭疗法"。

女孩子

女孩子
这种生物，
是不会爬树的。

如果玩竹马，
就会被人说调皮，
如果玩陀螺，
就会被人说好傻。

我为什么知道得
这么清楚呢？
因为我全都
被骂过。

上学路

通往学校的路很长，
我总是在路上编故事。

如果路上不遇到任何人，
我便能一直编到学校。

但如果路上遇见了谁，
我就不得不打招呼。

这样一来，我就会想起，
天气的事情、冰霜的事情，
想起寂寞的田地。

因此，我希望在路上，
不要遇上任何人，
让我就这样一边编故事，
一边默默地走进校门就最好。

有时候

走到看见家的角落时，
我突然想起了那件事。

我以前，对一件事，
一定会执拗很长时间。

因为，妈妈跟我说过，
"就这样一直待到晚上"。

可是，大家叫我玩的时候，
我立刻就忘了生闷气，冲了出去。

虽然觉得有些内疚，
但是算了吧。
因为妈妈一定
也希望我更开心一些。

如果我是
花儿

如果我是花儿，
那一定能变成很好的花儿吧。

必须会说话，必须会走路，
为什么非要调皮呢？

可是，如果有人来，
说我是不好的花儿，
那我会立刻气得凋谢吧。

看来即使成了花儿，
我也变不成好花儿，
我也不能跟花儿一样好。

赛
跑

我每次赛跑的时候，
那个色彩就会闪现在眼前，
那浓郁的紫色旗帜的颜色。

在其他学校的运动场上，
跟其他的孩子肩并肩，
我兴高采烈地往前跑，
一不小心跌倒时，忽然看见的，
我们学校旗帜的色彩。

以后我每次赛跑时，
眼前肯定都会闪现那个色彩。

拉钩

牧场的尽头，
红色的夕阳正缓缓落下。

两个身影，倚栏而站，
一个是城里的孩子，系着红领结，
一个是贫穷的牧场里的孩子。

"明天，一定要找到哟，
七片叶子的三叶草。"

"我找到了的话，你就带我去看
那美丽的喷泉哟。"

"嗯，一定，我们拉钩吧。"
两人的手指钩在一起。

牧场的尽头，草消失在黑暗里，
火红的夕阳自言自语道：

"我就这样一直藏在草丛里吧，
明天我就不出来了。"

谁会说真话

我的事情，谁会对我
说真话呢？
　　　隔壁的阿姨表扬了我，
　　　但总觉得是在嘲笑我。

谁会说真话呢？
问花儿，花儿都摇头。
　　　这倒也是，因为花儿
　　　都那么漂亮。

谁会说真话呢？
问小鸟，小鸟都飞走了。

肯定是不能说的事吧，
所以它们都默默地飞走了。

谁会说真话呢？
去问妈妈的话，会很奇怪吧？
　　　（在妈妈眼里，我可是
　　　可爱的乖宝宝呀。）

我的事情，谁会对我
说真话呢？

在山丘上

头上是蔚蓝的天空，
脚下是青青的草地。

童话故事中经常出现的
公主总是十分美丽。

但是金色的皇冠，
没有蔚蓝的天空宽广，

漂亮的黄金靴，
也不如青青的草地柔软。

头上是蔚蓝的天空，
脚下是青青的草地。

站在山丘上的我，
才是更美丽的公主。

好了吗？

——好了吗？
——还没好哦。
枇杷树下，
牡丹花影中，
有孩子在玩捉迷藏。

——好了吗？
——还没好哦。
枇杷树枝里，
绿色果实里，
有小鸟和枇杷。

——好了吗？
——还没好哦。
蔚蓝的天空外，
黝黑的土地里，
藏着春天和夏天。

那个孩子

——那个孩子被人抢走了。
——我呼唤着那个孩子。
——那个孩子去了哪里？
——那个孩子去了我的国家。
——那个孩子是个坏孩子。
——那个孩子虽然是个坏孩子，
　　但是他的母亲，在这里，
　　　一直等在这里，想着他。

首
领

当我成为首领时，
如果街上的调皮小孩对我失礼，
我会挺起胸膛，骑上我的骏马，
威武地从他们身前经过。

当我成为首领时，
如果田地里的稻草人对我失礼，
我会礼貌地给予回击。

当我成为首领时，
如果爸爸来找我，责备了我，
我还是会让他骑上我的骏马的。

雀と芥子

麻雀与罂粟花

——

第九章

花与鸟

画册中，
花与鸟
在一起玩耍。

葬礼前，
花与鸟
站成一排。

花房里的花，
和谁一起玩呢？

鸟笼里的鸟，
和谁一起玩呢？

麻雀与罂粟花

小麻雀
去世了，
罂粟花却依旧开得那么鲜艳。

因为它还不知道。
别让它知道吧，
让我悄悄地从它身旁经过。

因为
如果让罂粟花知道了，
它会立刻凋零的。

蝉的小和服

妈妈，
后院的树荫里，
蝉的小和服
掉在了那里。

那是因为蝉觉得热，
所以脱掉了，
脱掉以后，却忘记了拿走。

到了晚上
天气会变冷，
我该到哪儿把它
给蝉送去呢？

燕子妈妈

好不容易出去了，
转了一圈后，
又赶紧飞了回来。

好不容易
走远了一点儿，
又飞了回来。

终于好不容易，
飞到了另一个小镇，
还是急着往家赶。

虽然出门在外，
虽然出门在外，
心中还是挂念。

挂念家中的
燕子宝宝们。

麻雀

有时候我在想，

我要给麻雀们发一些好吃的东西，
跟它们做好朋友给它们取名字，
让它们坐在我的肩膀或手掌上，
带着它们一块儿去外面玩耍。

可是，我有时候会忘记。
因为，我总是贪玩，
忘记了小麻雀们。

等我想起时已经晚上了，
夜里可找不到麻雀们。

如果麻雀们知道了
我一直以来的这个想法，
它们肯定会等得不耐烦吧。

我，真是个顽皮的孩子。

莲花与鸡

从淤泥里
开出了莲花。

做成这件事的
不是莲花自己。

从鸡蛋里
孵出了小鸡。

做成这件事的
不是小鸡自己。

我发现了这些秘密，
那也不是我故意的。

杨柳和燕子

你还好吗？
河边的杨柳
问小燕子。

两只燕子一起鸣叫过的
那个枝头还在，
但另一只燕子
却在旅途中去世了。

小燕子
默默不语，
忽然朝水面飞去。

哑
蝉

聒噪的蝉在歌唱，
从早到晚，
无论见到谁，都放声歌唱。
它总唱着同一首歌。

哑蝉在写歌，
默默地在树叶上写歌，
在没人看见的时候写歌，
一直写着谁也不会唱的歌。

　　（难道它不知道等秋天到了，
　　枯萎的树叶会落到地上吗？）

杂货店的鸽子

大鸽子，小鸽子，
三只鸽子
在杂货店的屋檐上
咕咕咕咕地叫。

茄子是紫色的，
卷心菜绿油油的，
草莓红通通的，
个个看上去都新鲜发亮。

该买哪个好呢？
白色的鸽子
一脸茫然地
咕咕咕咕地叫。

麻雀妈妈

一个小孩子
捉住了
一只小麻雀。

这个小孩子的
妈妈
在笑着。

小麻雀的
妈妈
在看着。

麻雀妈妈站在屋檐上
一声不吭地
看着这一切。

老母鸡

一只年迈的
老母鸡，
站在荒凉的田野上。

那些离开的小鸡，
现在都过得怎么样啊，
站在田野上的老母鸡，
一直在思量。

杂草丛生的
田野上，
长着三四根
小白葱。

白色羽毛的老母鸡，
身上有点儿脏，
它一直这样站在荒凉的田野上。

杜鹃花

小山包上，
我独自
吮着
红杜鹃的花蜜。

春日的天空
一片湛蓝，
我是小小的
蚂蚁吧。

我是
吸着香甜的
杜鹃花蜜的
黑色小蚂蚁吧。

蟋
蟀

一只蟋蟀
折了
一条腿。

我责骂了
欺负它的猫。

秋日阳光
白晃晃。

一只蟋蟀
折了
一条腿。

再见了，我的小山丘。
茅草花也无精打采，
我望着蓝天，吹起草笛，
我的小山丘上的青草啊，
你们要健健康康地生长哟。

即使我一个人不在了，
大家也还会来玩耍，
和大家走散的可怜虫，
也会像我这样，管这里
叫作自己的小山丘吧。

但是，我要永远地
和"我的小山丘"，说再见了。

瘦小的树

森林角落里的一棵树说：
"美丽的小知更鸟呀，
也到我的树枝上来玩吧。"

高傲的知更鸟，
在另一个小枝头上啼叫：
"没有大红果实，也没有花，
瘦小的小不点儿，你可叫不动
我这个森林女王。"

　　（不知是谁，
　　不知是谁听到了，
　　听到之后去禀报了上天。）

高傲的知更鸟，
黄昏时分再飞来时，吓了一跳，
瘦小的树，它的枝头上
长出了金色的果实，闪闪发亮。

　　（那是圆圆的，
　　正月十五的月亮。）

鸢

鸢在天上懒洋洋地飞，
用翅膀画出一个圆圈，
然后从圈里寻找食物。

圆圈内的大海里有十万条沙丁鱼，
圆圈内的陆地上躲着一只小老鼠。

鸢在天上懒洋洋地飞，
用翅膀在空中画出一个圆圈。
人们抬起头，
看到圆圈的正中央，

套着一个大白天的
月亮。

桑果

绿色的桑叶
吃着吃着，

蚕宝宝们
就变成白色的了。

红色的桑果
吃着吃着，

阳光下我的皮肤
就变成黑色的了。

麻雀之墓

我打算修一个麻雀的小墓，
并写上"麻雀之墓"。

但被刮过的大风嘲笑后，
我偷偷将麻雀放进了衣袖。

雨停了，我出门观察，
该把麻雀埋在哪里呢？
周围满是白色的繁缕花。

"麻雀之墓"建不起来，
"麻雀之墓"的想法也挥之不去。

知更鸟之都

树林里的知更鸟先生啊，
这里只有落叶的声音。

跟我去城里看一看吧，
那儿夜里的灯光如花朵，
还能看电影。

城里来的姑娘啊，
我的都城怎么样？

数不尽的树木都是家，
夜里星星美如花，
还能欣赏落叶的舞蹈。

狗

我家里的大丽花绽放那天，
卖酒人家里的小黑狗死了。

经常责骂我们在门外玩耍的
卖酒阿姨，现在在低声哭泣。

那天，我在学校
把这件事当作趣事讲了出来，

瞬间，我却感到了一阵忧伤。

鸟
巢

小鸟，小鸟，
你用什么做巢呢？

用稻秸做，用稻秸做。

小鸟，小鸟
这跟你不配呀。

那你说我用什么做？

像你的羽毛一样蓝的丝线，
像你的双眸一样黑的丝线，
像你的嘴唇一样红的丝线，
三种，用这三种颜色的丝线，
来做巢吧，来做巢吧。

七夕的
细竹

迷路的小麻雀，
在海边找到了一片小小的细竹林。

竹子上挂满了五颜六色的漂亮短笺，
这是丛林在举办庙会吗？太好了。

钻进沙沙作响的竹丛，
小麻雀甜甜地睡着了。
不一会儿海潮卷走了竹丛。

太阳静静地沉入大海中，
天河和昨日一样地明亮。

再后来天空渐渐地泛白，
可怜的小麻雀一睁开眼，
发现自己睡在了大海上。

学校

有乘船来上学的孩子，
也有翻山越岭来上学的孩子。

身后的大山传来蝉鸣，
前方堤岸上的芦苇随风摇曳。

穿越田地，可以看见大海，
各式各样的船只扬帆海面。

红瓦上的积雪融化了，
蓝天下的桃树也开了花。

新生入学的时候，
伯劳鸟和青蛙一起歌唱。

背上黑色的书包，
摘几个红色的草莓。

红瓦的学校哟，
倒映在水中的红房檐呀，

那映在水中的倒影，
至今都停留在我的心里。

空中鲤鱼

池塘里的鲤鱼呀，你为什么跳跃？

你想成为遨游于天空中的
那条大鲤鱼吗？

那条大鲤鱼只会出现在今天，
明天它就会降下，被人收起来。

与其去追逐那些虚幻的事，
倒不如在水里活得逍遥自在。

你所在的这片水池的池底，
就有天上的白云。

你也是畅游在白云之上的
空中鲤鱼呀，你还不知道吧。

王子山

因为这里要修建公园，
原来的樱花树全枯死了。

树林被伐，留下个个木桩，
木桩上长出嫩芽，不停生长。

树林间穿梭的是光的海洋，
我居住的小镇在里面，
就像漂浮在龙宫里一样。

银色的砖瓦和石墙，
在朦胧的雾中，像梦境一般。

从王子山眺望小镇，
我不由得爱上了它。

这里没有干沙丁鱼的味道，
只有嫩芽发出的芬芳。

蟋蟀爬山

蟋蟀，在爬山。
一大早开始，就爬山。
　　哎哟，嗨哟，嗨哟，嗨。

山上升起朝阳，田野挂着薄霜，
蟋蟀跳得老高，浑身都是劲儿。
　　哎哟，嗨哟，嗨哟，嗨。

那座山的山顶上，能摸到秋日的天空吧，
伸出胡须碰一碰，应该是冰冰凉凉的，
　　哎哟，嗨哟，嗨哟，嗨。

跳呀跳，使劲儿跳，
昨晚看到的星星那儿，也能到吧。
　　哎哟，嗨哟，嗨哟，嗨。

太阳真远啊，好冷呀，
那座山，那座山，还是那么远。
　　哎哟，嗨哟，嗨哟，嗨。

这朵白桔梗花在哪儿见过呢，
哦，它是昨晚借宿的地方呀。
　　哎哟，嗨哟，嗨哟，嗨。

山里升起明月，田里夜露正浓。
还是喝点儿露水，睡上一觉吧。
　　啊——打哈欠了，好困啊。

大象

真想骑一骑高大的大象啊，
真想去印度看一看啊。

如果那里太过遥远，
至少把我变得小一点儿，
让我骑在玩具大象上。

那样的话，油菜田，麦田，
就都成了辽阔的森林。

在那里追捕的野兽，
是比大象还大的鼹鼠。

天黑后，我会借宿在云雀家中，
在森林里住上七天七夜。

满载着猎物，
走出深邃的森林，
走在开满紫云英的小路上，
从那里抬头看到的天空
该是多么多么地美丽啊。

三叶草

我小跑着
登上通往神社的台阶。

参拜完神灵后，
我往下走时，
不知为何，忽然
想起了它。

想起了我在石头缝里
看见的三叶草，
它那泛红的
小叶子。
——好像很久以前
　　就曾见过似的。

后记

拥抱内心柔软的小孩

闰雪

翻译金子美铃诗集的那段时间，我总是在深夜里，一个人静静地坐在桌前一字一句地敲打键盘。翻着翻着，常常感觉身旁出现一个小女孩，她总是在我译得出神时跑来找我聊天，跟我讲述她那小小的世界中所看到的一切。

她对一切都那么热爱，一草一木，大海、天空、月光、冰雪、麻雀……世间的一切仿佛都能给她带去喜悦和忧愁，她处处留心，观察入微。我常常被她的俏皮可爱逗得莞尔一笑，有时候也为她的形单影只而心生怜悯，为她无边无际的幻想而心头一热，但更多的时候因为她那能感知世界万物的柔软内心而倍感美好与温暖。

读她的诗就仿佛在自己疲惫不堪时得到了一个小女孩柔软的拥抱。世界变得简单而美好，仿佛回到了遥远的童年，在她的诗歌中看到自己的影子，仿佛是倾听年幼的自己在诉说，诉说那些小欢喜、小调皮、小幸运、小寂寞。

然而，构建了这样一个丰盈而完整、细腻又柔韧的

世界的诗人，她的人生旅途却并非一路顺遂，相反，其中充满了艰难与悲伤。

她的故事从1903年日本的一个小渔村开始讲起。

1903年4月11日，金子美铃出生于日本山口县一个小渔村——山口县大津郡仙崎村（现在的山口县长门市仙崎）。父亲在她3岁时就死于异乡，留下姥姥和母亲以经营书店为生。当时，刚出生不久的弟弟正佑被送给在下关经营大型书店的姨父姨母当养子。家中虽不富裕，但书店作为小镇唯一的文化中心，让幼年的美铃从小受到了书籍的熏陶，相比渔民的孩子，她早早展现出过人的聪明才智，成绩优异，并引以为豪。

中学时，居住在下关的姨母病逝，因为养子正佑的关系，母亲随之嫁到了姨父家，仙崎家中只剩下姥姥、美铃与哥哥。

中学毕业后，美铃谢绝了老师让她到外地升学的好意，留在家中协助哥哥一起打理店铺，她下午常坐在店铺里，给小朋友们讲故事，很受小朋友们欢迎。

后来，在母亲的安排下，弟弟每逢假期会来仙崎，跟哥哥姐姐一起谈文学、音乐、电影。两年之后，哥哥结婚；美铃接受母亲的建议搬到了下关市居住。

1923年4月，20岁的美铃从渔村仙崎搬到当时的大都会下关，白天在姨父的店中工作，夜晚继续沉浸在书籍的海洋中。

1923年6月，她平生第一次以"金子美铃"的名字投稿，大部分投到了日本著名诗人西条八十参与的杂志中。西条八十曾赞赏美铃"她的整个诗作包裹在一种温暖轻柔的情怀之中"。

20世纪初的日本，政治、经济尚未成型，那时却是"童谣"的好时光。由于芥川龙之介等多位作家对当时儿童所唱颂歌谣的低质深感痛心，因此，参与进行了一场声势浩大的童谣创作运动。由师从夏目漱石的小说家——铃木三重吉所创刊的童谣杂志《赤鸟》也应运而生。这场"童谣热潮"为金子美铃铺平了绽放异彩的舞台[1]。

博学多才的美铃得到了弟弟正佑的尊敬和爱慕，美铃也在与弟弟的朝夕相处中，感到了欣赏与温情。为避免正佑不知道彼此的姐弟关系而导致过于亲密，身为一家之主的姨父决定让美铃尽快出嫁。他选中了刚在上山文英堂工作的一名雇员，他比美铃大两岁，曾在博多股票界混迹多年，还曾跟一名妓女殉情未遂。身为生意人的姨父打算让继女美铃和员工结婚，从而让他俩当夫妻总管，等到弟弟正佑成熟后，再由他正式继承家业。尽管遭到正佑的极力反对，但考虑到母亲寄人篱下的处境，美铃只好答应，而这段勉强的婚姻却最终将美铃推向了死亡的深渊。

美铃跟丈夫的婚后生活一开始就不平稳，正佑和他关于生意问题频频发生冲突。最终，正佑离家出走。加上姨父不满美铃的丈夫在花街柳巷认识的女人在店铺出现。最后，已经身怀六甲的美铃只好跟着丈夫搬出家门，在下关市内偏僻的地区租房住下。

婚后，美铃在忙碌的生活中仍然抽空创作。新作品主要发表于西条八十主宰的杂志《爱诵》上。1926 年 7 月，《日本童谣集》问世，收录了著名诗人的作品，也收录了美铃的两首诗《大渔》和《鱼儿》。日本童谣诗人会在前一年由 33 名诗人组成，其中女成员只有 1 名，乃 40 多岁名气很大的与谢野晶子。这次两篇作品被录用，使 23 岁的美铃成为第 2 名女性会员。

丈夫离开上山文英堂后找不到工作。这期间，一家三口多次搬家。1927 年底，一家三口回到下关，开始了卖粗点心的小生意。

---

1 《童谣诗人之死》 新井一二三。

潦倒的家境让原本就在情感和价值观上没有交集的夫妻生活更加艰难，丈夫开始禁止美铃创作，也不允许她跟文学上的朋友们通信。更甚的是，流连于花街柳巷的丈夫竟然得了淋病，并把病传染给了美铃。

1929年，精神和身体的双重打击让美铃常常因病卧床不起。但她仍然在生活中不停发现语言之美，收集心爱的女儿房江的话语。在她看来，3岁女儿说的每一句话都跟珠宝一样可贵，在生命最后的几个月里，美铃收集的房江话语多达334句。

另外她还拿起笔抄写作品集。除婚前两本《美丽的小镇》和《天空的妈妈》以外，这次还有一本《寂寞的王女》，收录了婚后的162篇作品。从夏天抄到秋天，总共整理了三本手写的诗集。

丈夫拈花惹草的恶习不变，身心都受到摧残的美铃下定决心离婚。唯一的愿望是将女儿留在身边，可丈夫一时答应后又反悔，在离婚后提出让美铃归还女儿的要求。根据当时的日本法律，只有父亲才拥有儿女的抚养权。美铃最终留下一封遗书，希望把女儿交给母亲养育。在丈夫到家中来接女儿的那天，1930年3月10日，结束了自己27岁的生命。

36年后，还在读大学一年级的矢崎节夫[1]在1957年发行的文库本《日本童谣集》里读到《大渔》，感到心灵被深深震撼，开始踏上寻找金子美铃之旅。经过了长达16年的寻觅，他终于找到美铃的弟弟，并从其手中获得3本手抄遗稿，共计512首诗歌。这之后，矢崎节夫为了让这些优秀的作品被更多读者看到，立刻联系了几家出版社的编辑，但都因为童谣并不卖座而遭到拒绝。这时候，向他伸出援手的，是刚成立不久的JULA出版局的大村祐子，她说："哪怕少印一点儿也行，要把

---

1 矢崎节夫：日本儿童文学家，金子美铃纪念馆馆长。

它们变成活字。这样一来，总有一天会有人欣赏这些作品的。"

于是，1984年，3卷《金子美铃全集》由JULA出版局出版问世，立刻震撼了日本文坛。金子美铃的作品终于复活。

迄今，金子美铃的多首代表作被收录于日本的中小学国语课本。并有包括中文在内的英、法、德、波兰、锡克、尼泊尔、韩、蒙古等十余种语言的版本。另有讲述金子美铃生平的《向着明亮那方》等多部日本电影。为了纪念金子美铃诞辰100周年，2003年，长门市仙崎建立了市立金子美铃纪念馆。

也许，当我们知晓她的曲折人生，我们似乎才更进一步读懂她的寂寞，也能从她的诗歌中窥见不同的形象与情感。那些诗中，除了阳光与欢乐、幻想与俏皮，还有很多寂寞与孤独。我隐隐约约可以看到一个童年时不被看见的小身影，一个渴望父母关爱，却无法得到满足的小女孩。"寂寞"是诗中高频词语之一，一个不被看见的幼小心灵，一个无法给予孩子情绪抚慰的母亲，一个寂寞失落的小身影通过对外界的幻想来获得喜悦与安慰。这样的形象贯穿了整套诗集。

当然，除此之外，美铃的作品还有很多值得阅读的理由。

日本文化百科

日本的四季变迁、风土人情、山川河流、民间故事，贯穿了512首诗歌。漫游其中，仿佛金子美铃穿越时空，带领你登上东瀛岛国，不疾不徐地体验了一把异国风情之旅。仙崎八景、歌留多、女儿节、七夕竹笺、纹服、净琉璃、鲤鱼旗、箱庭、折纸、伊吕波纸牌、鲸鱼法事……合上书，结束这段旅程时，你发现日本仿佛离你更近了，这些关于日本的点点滴滴于你也不再陌生。

想象力的启蒙

美铃诗歌中充满了丰富多彩的想象，比如《有生命的簪子》中渔家孩子头上的大丽花如燃烧的火焰，鸟儿停留一下就飞走，是因为被烫着了；《商队》中在炎热沙漠中行走的商队其实是一群在沙滩上爬行的蚂蚁；《纸拉门》中的日式拉门像一栋楼，楼里有多间房，手指戳出的孔是打开的窗；《扑克牌女王》中掉落许久的扑克牌从漂亮的女王变成了灰头土脸的老奶奶；《日月贝》中红黄色的日月贝是太阳和月亮在海底相遇后产生的。整套诗集是一场想象力的盛宴，给成人带去更多角度的观察和思考，给孩子带去丰富的想象力启蒙。

发现美的眼睛

除了启发想象力以外，美铃诗歌还是绝佳的美学教材。俗话说生活中不是缺少美，而是缺少发现美的眼睛。从大山、大河、大海，到田野上的紫云英、路边的野蔷薇、土地里的小草、房檐上的麻雀、院子里的公鸡、天空中的星星、大海里的鱼儿，处处都是自然的馈赠，到处都有生命的存在，到处都有美的趣味，正如美铃在《什么都喜欢》中说好想喜欢上一切，再如《石榴叶与蚂蚁》中，石榴叶看着蚂蚁踏上一场寻花之旅；《花瓣的海洋》中呼唤把全日本掉落的花瓣都收集起来，抛向大海，然后驾一艘红色小舟驶向远方。

柔软纯净的心地

美铃的诗歌处处洋溢着一种细腻的温柔，有对弱者的怜惜，对劳苦人民的同情，对世间万物的善意，比如在《卖梦》中善良的卖梦人也把梦送给了陌巷里那些买不起梦的孩子；在《瘦小的树》中给遭到冷遇的小树挂上明亮的月亮；《鱼儿》《无家可归的鱼儿》中其他的动植物都有家，都有人照顾，而鱼儿却孤独无依，无家可归；《麻雀妈妈》中麻雀妈妈看着被抓的小麻雀是怎样的心情；《大渔》中岸上的人办庙会，海底成千上万条沙丁鱼要办葬礼；《没有爸爸妈妈的小鸭子》中问到没有爸爸妈妈的小鸭子怎么睡得着呢。

自愈、孤独与忧伤

"孤独""寂寞"这样的词反复出现在美铃的诗歌中，"我"常常感到寂寞。比如《没有玩具的孩子》中"没有玩具的孩子，很寂寞……可是，我的寂寞，要得到什么，才会好起来呢？"。《冬季的雨》里，没有得到母亲回应的"我"，只好"寂寞地把左脸颊贴在冰冷的，冰冷的窗玻璃上"。《红色小舟》中因对父亲的思念而寂寞。即便一直与寂寞孤独相伴，美铃还是呼唤"向着明亮那方"。在诗歌里她仿佛在低声说，即便人生艰难，还是要向着明亮那方，看到世界的美，保持温柔的心，向着明亮那方，闪闪发光，一路远航。

我想，喜欢金子美铃的人们，肯定内心都有着一个柔软的小孩，因此才会被她深深吸引。或许正读着这本书的你，就还是个孩子。也或许你透过这些诗，看到了曾经的自己，或看到了内在的自己。拥抱那个小孩吧，允许那个柔软的孩子一直住在你心里，不苛刻她的脆弱，去爱护，去照顾，因为她的存在，我们才感到了更多生命的丰盈。就像历经万千困难也执笔写出温暖诗歌的美铃，无论如何，都没放弃对生命的热爱。

哪怕有一天，你不再能听到鲸鱼的哭泣，不再能看到花儿的眼泪，不再会因为踩到积雪而心疼，也愿你能轻轻翻开这本诗集，细细地读，慢慢地品，然后和身旁的小麻雀一起做个香甜的美梦。

图书在版编目(CIP)数据

向着明亮那方 / (日)金子美铃著;闫雪译.—长
沙:湖南文艺出版社,2019.7
ISBN 978-7-5404-8604-4

Ⅰ.①向… Ⅱ.①金…②闫… Ⅲ.①诗集—日本—
现代 Ⅳ.①I313.25

中国版本图书馆CIP数据核字(2018)第054506号

金子みすゞ 童謡全集(金子みすゞ 著)
KANEKO MISUZU DOUYOU ZENSHU
Original Japanese edition published by JULA 出版局, Tokyo, Japan
Simplified Chinese edition is published by arrangement with JULA 出版局
through Discover 21 Inc.,Tokyo.

上架建议:文学·诗歌

XIANG ZHE MINGLIANG NA FANG
向着明亮那方

作　　者:〔日〕金子美铃
译　　者:闫 雪
出 版 人:曾赛丰
责任编辑:薛 健　刘诗哲
监　　制:毛闽峰　李 娜
特约策划:李 颖　杨 祎
特约编辑:王 静　谢晓梅
版权支持:金 哲　闫雪
营销编辑:吴 思　刘 珣
封面设计:棱角视觉
版式设计:梁秋晨
出版发行:湖南文艺出版社
　　　　　(长沙市雨花区东二环一段508号　邮编:410014)
网　　址:www.hnwy.net
印　　刷:北京中科印刷有限公司
经　　销:新华书店
开　　本:860mm×1200mm　1/32
字　　数:241千字
印　　张:10
版　　次:2019年7月第1版
印　　次:2019年7月第1次印刷
书　　号:ISBN 978-7-5404-8604-4
定　　价:49.80元